셰익스피어와 종교

〈햄릿〉 격론

셰익스피어와 종교 〈햄릿〉 격론

인쇄 · 2023년 1월 3일
발행 · 2023년 1월 10일

지은이 · 이 태 주
펴낸이 · 김 화 정
펴낸곳 · 푸른생각

편집 · 지순이 | 교정 · 김수란, 노현정 | 마케팅 · 한정규
등록 · 제2019-000161호
주소 · 서울시 마포구 토정로 222, 402호(신수동, 한국출판콘텐츠센터)
대표전화 · 031) 955-9111(2) | 팩시밀리 · 031) 955-9114
이메일 · prun21c@hanmail.net
홈페이지 · http://www.prun21c.com

ISBN 979-11-92149-28-8   03840
값 23,000원

셰익스피어와 종교

〈햄릿〉 격론

이태주 지음

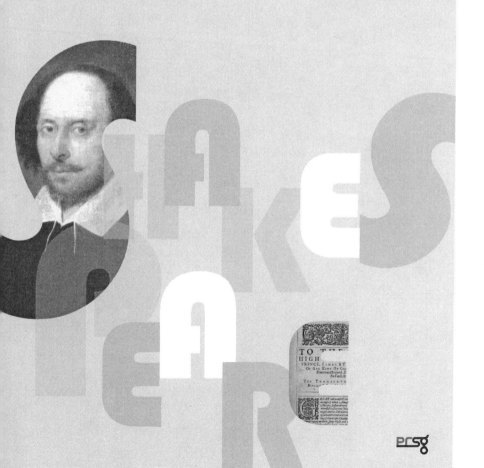

푸른사상

셰익스피어가 발견한 성서의 의미

대학교 영문과 시절 나는 『햄릿』을 읽고 왜 선한 사람들은 악한 사람들에게 희생되는지 의문이 생겼다. 햄릿과 오필리어의 죽음을 이해하는 데 도움이 된 것은 아리스토텔레스의 『시학』과 브래들리의 『셰익스피어 비극』이었다. 비극은 "연민과 두려움으로 정화 작용을 통해 카타르시스 효과를 낸다"고 아리스토텔레스는 말했다.

2천 년 전 이스라엘 땅에서 예수 그리스도가 탄생했다. 인간이면서 신의 아들인 예수는 기적을 일으키며, 이웃을 사랑하고, 죄를 뉘우치며, 영생을 깨우치는 복음을 알리다가 로마 제국의 탄압을 받고 체포되어 십자가에 못 박혔다. 예수의 제자들이 주님의 말씀과 행적을 글로 담고 설교한 것을 집대성해서 출간한 교전(敎典)이 기독교 성서가 되었다. 성서는 『구약』 39권과 『신약』 27권이다.

성서와 셰익스피어 작품은 세상에서 가장 많이 읽히고, 숭상되면서 무한한 영향을 끼쳐온 문화유산이다. 성서의 지식이 없으면 서양문화를 이해할 수 없고, 셰익스피어 작품을 충분히 해석할 수도 없다. 1620년 영국 청교도들이 메이플라워호로 대서양을 건너 신세계로 갈 때『제네바 성서』와 셰익스피어 작품도 함께 갖고 갔다. 지금 이 순간에도 세계 모든 나라 교회에서는 성서를 봉독하며 예배를 올리고 있을 것이다. 전 세계 95개국 언어로 번역된 셰익스피어 작품도 관객들의 박수갈채를 받으며 무대를 빛내고 있을 것이다.

영국의『킹제임스 흠정역성서(The Authorized Version)』가 발간된 해가 1611년이고, 셰익스피어가 최후의 작품『폭풍』을 쓴 해가 1611년이다. 셰익스피어는 1616년 사망했다. 폴리오판 셰익스피어 전집이 1623년 간행되었다. 셰익스피어 작품은 그동안 시대와 나라를 초월해서 사람들 마음을 다스리고 정신의 양식이 되었다. 그런데, 문제는 성서와 작품의 상호 관련성이다. 노스럽 프라이 교수는 서구문학 총체 속에 내재하는 '원형'과 '신화'의 존재를 구명하면서 이를 근거로 작품을 분석하는 비평이론으로 20세기 문학에 지대한 공헌을 했다. 그는『비평의 해부』(1957)와『위대한 성전』(1982),『힘에 넘친 언어』(1990) 등 명저를 발표하면서 다음과 같이 말했다. "서양의 문학 전통에서 볼 수 있는 수많은 표현양식은 성서적 이미지 표현, 성서적 이야기의 전개, 성서로 인용된 시 구절로 정형화되었다." 나는 그의 주장에 동의하면서 이 책을 썼다. 『셰익스피어와 성서』(2000)의 저자 스티븐 마크스(Steven Marx)는 성서와 문학에 관해서 말했다.

엘리자베스 여왕은 종교적이며 정치적인 이유로 성서 읽기를 제도화했다. 성서는 정치활동의 원천이었고, 인문주의 학문의 주요 대

셰익스피어와 종교 : 〈햄릿〉 격론

상이 되었다. 르네상스 시대의 성서는 위대한 문학작품으로서 작가와 화가들에게 종교적 발상의 원천이 되었다. 존 던(John Donne)은 세인트폴 대성당의 사제장으로 있으면서 시를 썼다. 필립 시드니(Philip Sidney) 경은 시론집 『시의 옹호』에서 성서의 문학적 업적을 찬양했다. 셰익스피어와 성서의 관계에서 우리가 받은 영향은 두 가지인데, 그 중 첫째는 성서와 가깝게 지내야 한다는 것이고, 둘째는 셰익스피어 작품 때문에 성서가 새로운 의미로 빛을 발산하게 된다는 것이다.

셰익스피어 작품은 성서로부터 영향을 받으면서 시대의 흐름과 역사 변천의 철리(哲理)를 깨닫게 해주는 길잡이가 되었다. 종교와 문학은 개념적으로는 서로 분리되어 있다. 종교는 인간과 신과의 관계를 말한다. 문학은 사상을 언어로 표현하는 예술이다. 그러나, 자신과 신과의 관계를 추구하고 문장으로 표현하면 종교와 문학은 상호 간에 깊은 관계를 맺게 된다. 햄릿은 부왕의 망령을 만난 후 호레이쇼에게 "이 천지간에는 우리들의 학식으로는 도저히 해결할 수 없는 일들이 많다"고 실토했다. 그는 이 말에서 초월적인 존재인 신의 존재를 암시했다. 그것은 바로 성서의 영역이다. 성서는 엄밀히 말해 신앙의 고백이면서 동시에 유대민족의 역사이며, 문학이다. 성서에는 법률, 역사, 시, 설화, 철학, 그리고 사도들의 신앙 고백과 행적들이 기록되어 칭송되고 있다. 피터 밀워드는 그의 저서 『셰익스피어와 종교』에서 『햄릿』을 면밀하게 분석한 결과 이 작품에는 「욥기」를 반영하는 50개 장면이 있음을 확인했다. 이 때문에 우리는 『햄릿』을 단순히 복수 잔혹극이라고 처리할 수 없게 되었다. 셰익스피어는 왕자 햄릿의 당면 문제는 『구약성서』의 욥의 문제와 근본적으로 같다고 생각했다. 셰익스피어는 선과 악의 대결에서 선한 자가 겪는 고난의 문제를 파고들면서 선이건 악이건 모두 죽음으로 끝나는 종말론으로 작품을 처리했다. 『햄릿』도 이 경우가 된다.

　『햄릿』은 성서와 정신의 궤를 함께한다. 성서와 셰익스피어는 '인유(引喻)'가 성립된다. 인유는 두 가지 의미가 교차하는 기호이다. 셰익스피어는 성서의 의미를 자신의 미적 체계 속에 재정립했다. 그런 수사학적 기교는 상호가치의 교접이요 활용이다. 스티븐 마크스는 이와 관련해서 말했다. "인용의 형태로 하는 그런 작업은 한 구절만의 결합이 되기도 하고, 작품의 주제와 구조에 포괄적으로 포함되는 경우가 되기도 한다." 셰익스피어가 인용한 성서는 암호화된 의미로 전달된다.
　성서 해석의 '예표론(豫表論)'은 성서와 작품 간의 유사점과 대응 관계를 강조하는 방법이다. 이런 방법을 통해 성서에서 일어난 일이 『햄릿』에서 발생한 일로 표상되면서 그 의미를 강조하게 된다. 이런 수사(修辭)는 원천과 유사의 경우라 할 수 있다. 셰익스피어와 성서의 예표론적 관계를 설명하면서 마크스는 「욥기」와 『햄릿』을 예로 들고 있다. "성서의 비극을 모방하는 듯한 플롯, 인물, 이미지 표현으로서 셰익스피어는 인간과 신의 화해 문제를 탐구했다"고 마크스는 주장했다.

이태주

　　　　　　　　　　　셰익스피어와 종교 : 〈햄릿〉 격론

제1장

르네상스 시대 영국의 시련과 비극

1. 엘리자베스 1세 시대의 영국

로마는 기원전 753년에 시작되었다. 초기에 에트루리아의 지배를 받았던 소도시 로마는 세(勢)를 키워 서기 265년 이탈리아 전역을 지배했다. 군인들과 함께 무역상인이 참가한 십자군 원정(1096~1291)에서 막대한 재물이 바티칸에 쏟아져 들어왔다. 바티칸 교황청은 그 재물을 베네치아와 피렌체 도시국가에 맡겼고, 그 돈은 금융업자 손에서 은행이 생기는 계기가 되었다. 이들은 유럽 각국의 군사비 등으로 융자하는 금융업으로 경제력을 키우고 대학을 세우며 교육과 문화를 증진시켰다. 이탈리아 도시국가에 세워진 볼로냐대학, 살레르노의과대학, 나폴리대학, 파도바대학, 그리고 이 흐름을 타고 영국에서 1280년 문을 연 옥스퍼드대학과 케임브리지대학 등은 모두 13세기 전반에 창립되어 르네상스 시대를 주도하는 원동력이 되었다.

중세는 종교의 시대였다. 로마 교황청은 유럽 천지를 성서와 돈으로 다스렸다. "교황은 태양, 황제는 달"로 엮여 있었다. 국왕의 승계와 혼인, 성직자 임명과 해임, 성직 임무의 수행, 그리고 파문 등 막대한 권한을 교황이 장악하고 있었다. 바티칸 교황청 산하 유럽 여러 나라 백성들은 10분지 1의 종교세를 납부했다. 유럽 광대한 봉건체제 영지에서 얻어지는 수입과 신도들 개인 수입금 일부도 기부금으로 헌납되었다. 중세의 경제구조는 봉건영주의 토지 자산으로 움직였다. 그러나 이런 사회구조에 틈새가 벌어졌다. 토지는 없지만 두뇌로 움직이는 지식인 집단이 형성되어 문화, 교육, 산업의 진흥에 몰두하기 시작했다. 새로운 경제기반이 형성되면서 농촌에서 도시로 사람들이 몰려들어 세속화 바람은 점차 거세지고 있었다. 이런 엄청난 변화가 중세를 마감하고 르네상스 시대로 가는 요인이 되었지만 교황청의 막강한 권력은 여전했다. 이유는 교황청의 돈이었다. 자산은 피렌체와 베네치아, 밀라노의 금융업자가 맡아서 운영했다. 성직자는 교회 일과 민간 사업을 동시에 수행했다.

중세 유럽 교회는 기도문, 성경책, 설교 등의 소통을 라틴어로 했다. 정치인, 외교관, 고문관, 신학자, 목사, 의사, 법관 등 사회지도층 인사들 모두가 라틴어를 사용했다. 라틴어를 모르는 서민을 위해 성경 내용을 그림으로 보여주거나, 성직자들이 연극을 만들어 복음을 전파했다. 이른바 종교연극의 시작이었다. 16세기 당시 영국의 대부분 국민들은 교육을 받지 못해 라틴어를 몰랐다. 서민들은 소외감과 굴욕감으로 라틴어 습득의 기회를 갈망했다. 부모들은 가망이 없으니 자녀들의 라틴어 교육에 열중했다. 라틴어는 출세의 길이었기 때문이다. 초등교육기관인 그래머스쿨이 1553년 스트랫퍼드에 설립되어 7세 이상 아동이 라틴어를 배울 수 있게 되었다. 셰익스피어도 빠지지 않고 라틴어 공부를 했을 것이다. 르네상스 시대에 라틴어는 문화요, 예절이요, 정치, 사회, 교육의 동력이었다. 망령도 라틴어를 사용했다. 〈햄릿〉에서 엘시노 성탑을 지키는 위병(衛兵)들이 라틴어를 구사하는 대학생 호레이쇼를 성탑으로 불러낸 이유도 언어문제가 있었을 것이다.

중세 절정기(1050~1300)에 상공인의 길드가 형성되면서 산업이 발전하고, 교역이 왕성해지고 이탈리아와 유럽 나라 도시들 사이에 문화 교류가 이루어졌다. 중세 후기(1300~1500)에는 교회 바깥에서 길드 상인이 운영하는 대중극이 장터 공연을 했다. 1300년 이후, 중세는 쇠락의 길로 들어섰지만, 종교극은 1350년부터 1550년 사이 절정기에 도달했다. 성서는 생명의 언어요, 생활의 규범이었기 때문에 종교극 관람은 국민들의 필수요건이었다.

중세가 막을 내리면서 유럽 여러 나라 정치와 문화가 요동쳤다. 런던은 1470년대 도입된 인쇄술로 그리스와 로마 시대의 인문학 고전과 이탈리아 문학이 널리 보급되었다. 영국 르네상스는 초중등교육 혁신의 시대였다. 교회와 수도원에서 성직자들이 교육을 독점해왔는데, 이에 반발한 영국 인문주의자들은 라틴어와 그리스어를 통해 고전학을 가르치는 학교를 세웠다. 이 같은 새로운 교육의 선구자 중 한 사람이 존 콜릿(John Colet)이다. 그는 1505년 런던에 세인트폴즈 스쿨(St. Paul's School)을 창설했다. 콜릿은 인문학자 에라스무스(Erasmus)와 모어(More)와 친밀했던 인물로서 초기 영국 르네상스 운동에서 중심 역할을 했다.

그의 교육이념과 방법론을 추종하는 사람들이 계속 학교를 창설했는데, 그중에 고전문법 학교인 '그래머스쿨(Grammar School)'이 있다. 7세 아동이 입학해서 6년간 아침 7시부터 11시까지, 오후 1시부터 5시까지 라틴어와 고전학을 습득했다. 고학년이 되면 그리스어도 공부했다. 윌리엄 릴리가 쓴 책 『라틴어 문법』의 암기, 키케로, 베르길리우스, 오비디우스 등 라틴 문학, 리비우스가 쓴 책 『로마역사』, 세네카와 플라우투스의 로마 연극, 윤리학과 수사학, 변론술 등을 이수했다. 이 모든 것은 셰익스피어 창작의 원천이라 할 수 있어서 놀랍다. 16세기에 이르러 이런 교육기관은 전국에 300개 이상으로 확산되었다. 그래머스쿨을 졸업하고 대학으로 진출한 인재들은 궁정, 지방행정기관에서 활동했으며, 정치인과 귀족의 비서 등으로 맹활약을 했다. 문화 분야에서는 엘리자베스 시대 문명(文名)을 떨친 크리스토퍼 말로(Christopher Marlowe), 에드먼드 스펜서(Edmund Spenser), 존 릴리(John Lyly), 윌리엄 셰익스피어(William Shakespeare) 등 눈부신 업적을 남긴 인물들이 줄을 이었다.

해양 탐험과 과학이 발전하고, 통상이 활기차게 전개되면서 상공업이 급진적으로 발달했다. 신세계가 눈앞에 전개되고, 햄릿의 독백처럼 "인간의 무한한 가능성"이 점쳐지는 새 시대가 눈앞에 전개되고 있었다. 사람들의 인생관과 세계관이 바뀌고 있었지만, 영국은 기본이 종교국가였다. 동유럽 남부에는 오스만제국이 진출해서 독일(신성로마제국)을 위협하고 있었다. 유럽 남서부에는 스페인과 포르투갈이 군사와 교역 분야에서 선두를 달리고 있었다. 16세기 초, 서구 인구는 프랑스 1,500만, 스페인 800만, 영국은 300만이었다. 유럽 모든 나라는 국왕 중심 중앙집권체제였다. 엘리자베스 여왕 집권 초, 영국은 가난한 나라요, 문화는 후진국이었다. 해양 패권 시대에 군함도 별 볼 일 없고, 군대도 변변치 않아서 외국의 침공을 쳐낼 힘도, 나라 안 질서를 지킬 힘도 없었다. 가장 큰 걱정거리는 신구 종교의 알력과 충돌이요, 생사를 건

대립이었다. 산업과 과학도 미진하고, 흉작과 전염병은 시도 때도 없이 이 땅에 엄습해서 국민을 죽음의 공포로 떨게 했다.

국민 다수가 문맹인 나라에서 귀족 출신 선민(選民)들이 정권을 장악했다. 정부는 탐험과 전쟁에 막대한 재화를 퍼붓고 있었지만, 과학과 의료와 복지시설은 부실했다. 런던의 호화찬란한 궁정과 가신들의 어마어마한 장원(莊園)에 비해 서민들은 어두침침한 움막집에서 비참한 생활을 하고 있었다. 부유층은 해외 유람 여행을 즐겼지만, 빈민들은 지방을 유랑하며 교회서 구걸하고, 도적질로 연명했다.

엘리자베스 시대의 신분과 계급은 중세를 답습하고 있었다. '젠트리(gentry)'는 귀족과 '에스콰이어(esquire, 鄕士)' 사이의 계급인데 주로 지주였지만, 상인, 법률가, 행정관, 성직자, 대학교수, 내과의 등 전문인들이 포함되었다. 이 중 상위층은 '나이트(knight)'로서, 주장관이나 치안판사를 담당하며, 하원의원으로 선출되었다. 그 아래 '요먼(yeoman)'이 있고, 그 아래 농업인 '허즈번드먼(husbandman)'이 있었다. 그 아래 농공업에 종사하는 임금노동자가 있고, 최하위에 도제(徒弟)가 있었다. 엘리자베스 여왕이 궁정에서 직접 접할 수 있는 인사들은 귀족이나 젠트리였다. 1570년대와 80년대 빈부 격차는 극심했다. 재물은 상류층이 독점하고, 빈민은 일자리도 구하기 힘들었다. 가난 때문에 교육을 받지 못한 젊은 실업자들은 양친의 수입에 의존했다. 이들에게 인생은 수난이요, 고역이었다. 영양실조와 질병은 숙명이었다. 폭발적인 인구 증가는 물가 상승을 조장했다. 임금은 최저치를 기록했다.

기후 때문에 흉년이 들면 재난이었다. 흉작으로 인구가 급감한 시기는 여왕 즉위 직전 1555~1557년 기간이었는데, 이 당시 15만 명 이상 인구가 감소했다. 여왕 즉위 당시 280~320만이었던 인구는 치세 말에 375~420만으로 증가했다. 런던의 인구는 1520년대에는 6만이었는데, 80년대에는 10~12만, 1600년 지나서는 18만 5천~21만 5천 명으로 증가했다.

구교 시대에는 재산가나 사회 저명인사들이 빈민 구제를 의무로 삼았다. 신교 시대에는 게으름에서 생기는 빈곤은 신의 구제를 받을 수 없다고 여겨졌다. 헨리 8세 시대 빈민 구제의 중심이었던 수도원이 해산되고 토지와 재산이 몰수되었다. 당시 영국 영토의 4분지 1을 대소 800개의 수도원이 차지하고 있었다. 그로부터 발생하는 수익은 국가수익에 맞먹는 것이었다. 수도원 해산의 공로를 세운 충신은 토머스 크롬웰이었다. 교회가 재산을 잃었기 때문에 빈민 구제는 어려워졌다. 하지만, 1592년에서 93년까지 번져나간 페스트 전염병과 1594년 이후 최악의 흉작 때문에 극빈자 구제책이 강구되어 1598년에 극빈자구제법령이 제정되었다. 일할 능력이 있음에도 게을러서 구걸하는 자에게는 엄한 처벌이 내리고 교정원에 수용되었다. 생활이 어려운 환자와 노령자는 구빈원에 수용되었다. 엘리자베스 여왕 시대의 구빈법은 산업혁명 이후 1834년까지 계속되었다.

셰익스피어 시대의 런던은 모순의 도시였다. 여성이 남성에게 차별받고 억압당하는 나라에서 여왕이 세상을 지배하고 있었다. 16세기 영국의 여성은 투표권이 없었다. 법률의 보호와 법적 권리도 미미했다. 초보 과정 교육은 받을 수 있었지만, 고등교육은 이수할 수 없었다. 그래머스쿨만 하더라도 현관에 남성 전용 팻말이 붙었다. 소수의 학교에서 여성을 받아들였지만, 그들이 이수하는 과목은 쉽고 간단한 기초과목이었다.

옥스퍼드와 케임브리지대학교는 여성에게 학위를 주지 않았다. 옥스퍼드는 1920년, 케임브리지는 1948년에 비로소 여성의 학위 취득이 가능해졌다. 서민층 여성들은 동네 초등학교서 읽기 쓰기를 공부했지만, 상류층 여성은 달랐다. 가정교사로부터 고전문학과 그리스어, 라틴어, 헤브라이어를 학습했다. 당대 저명여성인 제인 그레이(Lady Jane Gray)는 플라톤 철학을 공부했다. 앤 베이컨(Anne Bacon)은 22세에 『라틴어 설교집』 22권을 번역 출판했다. 메리 시드니(Mary Sidney)는 프랑스 고전 비극을 번역했다. 엘리자베스 여왕은 외국어와 인문학 공부를 열두 살 때 시작했다. 여왕의 언어 구사력은 전설이었다. 외국의 외교관들과 현지어로 통화했다. 그러나 상류층 여성들도 한계가 있었다. 아무리 공부해도 사회 진출이 불가능했다. 여성은 직업을 가질 수 없었다. 미혼 여성이 들어설 자리는 없었다. 왕실에서 여왕을 모시는 일은 예외였고, 최고의 영예였다.

당시 여성은 신앙심을 지니고, 정조를 지켜야 하며, 가정경제를 잘 다루고, 집안일을 잘 챙겨야 했다. 바느질, 요리, 과일 보존, 가계부, 뜨개질, 악기 연주 등에 능숙해야 했다. 그 시대 여성에게 열린 길은 결혼뿐이었다. 상류층 여성들은 가정부들을 거느리고 있어서 시간의 여유가 많았다. 그들이 주로 시간을 보내는 일은 편지 쓰기, 노래하기, 춤추기, 정원 산책, 동물 키우기, 바느질, 승마, 카드놀이, 가정 방문 등이었는데, 이 모든 일도 남편의 승낙이 있어야 했다. 남편은 가정의 주

엘리자베스 여왕과 윌리엄 셰익스피어

셰익스피어와 종교 : 〈햄릿〉 격론

인이요, 기둥이었다. 재산 소유권이 없었기 때문에, 아내는 간혹 남편의 재산 목록의 일부였다. 여성은 결혼하면 친가의 성명을 잃었다. 백작, 공작, 자작 등의 존칭은 유지되었다. 장터에서 음식물 사는 일은 여성의 몫이었다. 외출할 때 의상의 멋을 냈다. 의상은 이들의 취미요 사치였다.

연극 무대에서도 그랬지만 의상은 신분과 계급의 표시였다. 여성들은 잘 차려입고 문 바깥에서 자신을 자랑하고, 길 가는 사람들을 구경했다. 연회나 만찬의 모임에서는 각별한 대우를 받았다. 상석에 자리 잡고 최우선적인 식사 응대를 받았다. 남편은 절대군주요, 아내는 충실한 신하였다. 기혼여성은 거리에서나 실내에서 모자를 착용했다. 처녀들은 모자 없이 다녔다. 여성은 약하고 부드러운 존재였다. 셰익스피어는 여성을 '갈대'에 비유하면서 남성의 보호가 필요한 허약한 존재로 묘사했다. 망령이 나타나서 햄릿에게 왕비를 해치지 말라는 당부도 이런 맥락에서 이해되어야 한다.

유제니오 가린(Eugenio Garin)은 그의 저서 『르네상스 문화사』에서 르네상스의 개념을 다음과 같이 명쾌하게 정의했다.

르네상스는 1400년대 중엽, 추기경 니콜라우스 쿠자누스에 의해 이론화되어 주창되고, 마르실리오 피치노에 의해 기독교적 플라톤주의로 통합되어 심화된 종교적 관용, 신앙의 완화, 문화적 사실이며, 생활과 예술, 문학과 과학, 그리고 풍속에서 나타난 현실에 대한 재인식이다. 새로운 시대가 탄생했다는 의식은 전 시대의 특징과는 상반되는 특색을 지니는데, 15세기와 16세기에 펼쳐진 문화의 전형적 한 가지 국면이라 할 수 있다. 이탈리아에서 발생한 르네상스의 두 가지 특징은 고대세계와 고전으로의 회귀(回歸)와 인간이 중심이 되는 역사의 개막과 중세의 종막이라 할 수 있다.

2. 메리 여왕과 엘리자베스 여왕

1485년 보즈워스 전투에서 헨리 7세가 승리하면서 붉은 장미 랭카스터 집안과 흰 장미 요크 집안의 '장미전쟁'이 종결되었다. 헨리 7세는 이 전쟁의 승리로 튜더 왕조를 열었다. 1509년, 헨리 7세가 서거했다. 열여덟 살의 헨리 8세가 왕위에 올랐다. 그는 형수 캐서린(Katherine of Aragon)과 결혼했다. 헨리 치세의 내정과 외교를 장악한 인물은 요크 대주교 대법관 토머스 울지(Thomas Wolsey)였다. 그의 사저 햄프턴 코트는 왕궁을 능가하는 호화저택으로 여론이 나빠지자 헨리 8세에게 헌정되었다. 헨리 왕은 캐서린 왕비가 딸 메리(Mary)를 출산하자, 캐서린과 이혼하고, 왕비의 시녀였던 앤 불린(Anne Boleyn)과 1533년 결혼했다.

교황은 헨리 왕의 이혼을 승인하지 않았다. 1533년 9월 7일, 앤 불린은 엘리자베스를 출산했다. 헨리 8세는 후계자로 왕자를 원했는데 다시 한번 실망했다. 헨리 8세는 앤 불린을 간통죄와 반역죄로 처형하고, 세 번째로 제인 시모어와 결혼했다. 1537년 가을, 왕자가 탄생했다. 에드워드 6세였다. 에드워드 왕자는 엘리자베스보다 네 살 손아래 이복동생이다. 두 남매는 사이좋게 신교도 인문주의 교육을 받았다.

헨리 8세는 1534년 국왕지상법을 제정하고, 로마 교황청과 국교를 단절했다. 그는 프로테스탄트 국교(Protestant Church of England)를 선포하는 종교개혁을 단행했다. 1547년, 헨리 8세를 계승한 에드워드 6세는 대주교 토머스 크랜머 대주교(Thomas Cranmer)의 42조 교리와 공통기도서를 영국 교회의 기본으로 삼았다. 또한, 라틴어 대신 영어로 예배를 거행하는 예배통일법을 선포했다(1549). 이 일을 계기로 가톨릭 탄압이 시작되면서 종교분쟁이 시작되었다. 1747년, 아홉 살 나이로 왕위에 오른 에드워드 6세는 열여섯이 된 1553년 6월, 폐결핵으로 서거했다.

에드워드 6세를 계승한 메리 1세는 가톨릭 신봉자였다. 여왕의 통치 기간(1553~1558)에 300명의 신교도가 화형으로 처단되고, 틴들(William Tyndale)이 번역한 성서는 금서가 되었다. 메리 여왕의 박해를 견디지 못한 신교도들은 해외로 망명길을 떠났다. 그중 일부는 신학자 칼뱅(John Calvin)이 1536년 '기독교 요강'을 발표하며 신교의 요람지로 삼았던 스위스 땅 제네바에 정착했다. 이들 신도들은 신학자들의 연구와 자문을 받으면서 『제네바 성서(The Geneva Bible)』를 번역해서 발간했다. 이 성서는 엘리자베스 시대 널리 보급된 것으로 셰익스피어가 읽었던 성서이며, 청교도들이 메이플라워호를 타고 미국으로 출범할 때 들고 간 성서이다. 1560년 간행된 이 성서는 제임스 1세가 완성한 『킹제임스 성서』(1611)보다 51년 앞선 것이다. 올리버 크롬웰(Oliver Cromwell), 존 녹스(John Knox), 존 던(John Donne), 존 버니언(John Bunyn) 등 당대 명사들이 이 성서를 읽었다. 1579년, 스코틀랜드에서 최초로 발행된 성서도 『제네바 성서』였다. 1644년까지 이 성서는 150판 발행되었다. 신약성서는 그리스어에서, 구약성서는 헤브라이어에서 영어로 번역되었으며, 순교자 틴들의 초기 영역본이 이 성서의 토대가 되었다.

메리 여왕은 에드워드 6세가 제정한 '종교관련법'을 폐지하고, 신성로마제국 황제 카를 5세의 왕자 펠리페 2세와 결혼했다. 엘리자베스 여왕은 성장 과정 내내 메리 여왕의 적대감과 위협에 시달리며, 한때 반역죄에 연루되어 런던탑에 구금되는 시련을 겪었다. 즉위해서 5년간의 공포정치를 마감하며 메리 여왕은 1558년 11월 17일 서거했다. 엘리자베스는 스물다섯 살에 왕위에 올랐다. 승계 소식을 접하고, 엘리자베스는 그동안의 수난을 회상하면서 "이 일은 신의 은총이다"라고 말했다. 엘리자베스 1세는 헨리 8세와 에드워드 6세의 신교를 계승하면서 국민 모두가 주일날 교회에 가는 의무를 법으로 정했다.

엘리자베스 여왕의 궁정은 정치와 문화의 중심이었고, 그곳이 사실상의 정부였다. 비서실장과 대법관이 일하는 곳, 여왕이 외국 사신들을 영접하는 것, 그러므로 궁정에 귀족들과 충신들이 결집했다. 화려한 향연, 무용, 연극 행사도 그곳에서 거행되었다. 그곳에 드나드는 궁정인은 교양과 지성을 갖추고 있어야 했다. 이탈리아인 카스틸리오네의 저서 『궁정인론』(1560)은 르네상스 신사들의 교재였다. 정치가요 군인이었던 필립 시드니(1554~86)와 시인 에드먼드 스펜서(1552~9)가 궁정에 드나들었다.

엘리자베스 여왕은 그리스와 로마, 그리고 중세시대의 전통문화와 영국 토착문화를 융합시키는 일을 했다. 나라의 제왕은 교회의 수장이라고 선포했던 헨리 8세의 유훈을 따라 여왕은 종교와 정치의 밀접한 관계를 유지했다. 1534년 헨리 8세와 로마 교황 간에 시작된 암투와 분쟁은 영국의 정치와 사회, 문화 전반에 막대한 영향을 끼치면서 분란과 소요의 원인이었지만, 헨리 선왕 시대에 다져진 중앙집권 행정체계와 여왕의 국내외 정사를 자문하는 추밀원의 지원으로 국사는 순조롭게 이루어졌다.

19인 추밀의관 중에 특히 대법관 니콜라스 베이컨(저술인 프랜시스 베이컨의 부친)과 수석비서 윌리엄 세실은 여왕의 국정을 받드는 두 기둥이었다. 통상이 증대해서 경제력이 강화된 것은 국정에 도움이 되었다. 중세부터 교육을 장악했던 성직자 대신에 전문 학자들을 그 자리에 배치하고, 그리스와 로마 시대 고전을 번역해서 지식을 국민에게 널리 보급한 일은 문화예술의 획기적인 발전을 도모하고 안정된 사회를 보장해 주었다.

국민들의 종교적 열정도 이 일에 한몫을 했다. 여왕은 오히려 과도한 열기를 식히느라 고심했다. 종교적인 박해를 될수록 자제했다. 엘리자베스 여왕은 그리스어, 라틴어, 프랑스어, 스페인어, 이탈리어어, 네덜란드어 등에 능통했다. 수학, 천문학, 역사, 철학, 고전학에도 해박한 지식을 지니고 있었다. 음악을 애호해서 쳄발로와 류트를 연주할 수 있었다. 승마도 능숙했다. 여왕의 궁정에는 필립 시드니, 에드먼드 스펜서, 월터 롤리, 프랜시스 베이컨 등 문인들이 드나들면서 나라 발전에 도움을 주었다.

1520년 런던 인구는 6만 명, 1982년에는 10만 명, 17세기에 접어들면서 20만 명이 되었다. 템스강을 끼고 강북은 정치 종교, 통상의 중심지요, 강남은 극장가와 주점이 늘어선 문화예술과 연예오락의 중심지였다. 1576년, 런던 북쪽 쇼어디치에 레스터 백작극단을 이끌었던 제임스 버비지가 영국 역사상 처음으로 연극전용 극장 '시어터(The Theatre)'를 건립했다. 그 이후, 수많은 공립극장과 사설극장이 계속 건립되었다. 커튼극장(The Curtain, 1577), 뉴잉턴버츠극장(Newington Butts, c. 1579), 로즈극장(The Rose, 1587), 백조극장(The Swan, c. 1595), 글로브극장(The Globe, 1599), 포천극장(The Fortune, 1600), 레드불극장(The Red Bull, 1605), 호프극장(The Hope, 1613) 등이다. 런던은 겉보기에 교회 뾰족탑이 무수히 솟아 있는 중세도시처럼 보였지만, 실제는 르네상스의 바람이 몰아치는 신나고 즐거운 런던이었다. 앤서니 버제스(Anthony Burgess)는 그의 저서 『세익스피어』(2002)에서 엘리자베스 여왕을 다음과 같이 묘사했다.

> 엘리자베스 여왕은 남성의 의지와 여성의 술책을 타고났다. 여왕의 처녀성은 미끼요 무기였다. 부친으로부터 고집과 애국심의 혈통을 이어받았지만 맹목적인 폭군적 분노는 없었다. 여왕은 모친으로부터 매력과 교태를 이어받았지만 어리석음과 경솔함은 없었다.

엘리자베스 여왕은 45년간 집권하고 침대에서 마지막 숨을 거두었다. "충성스런 두 신하 — 윌리엄 세실 경(Sir William Cecil)과 프랜시스 월싱엄 경(Sir Francis Walshingham)을 거느린 일은 행운이었다." 엘리자베스 여왕은 항상 말했다. "나는 신에게 감사한다." 엘리자베스 여왕은 영국으로 망명한 스코틀랜드 여왕 메리 스튜어트(1542~1587)의 왕권 주장과 반란 음모에 시달리다가 1587년 친족인(메리 스튜어트는 헨리 7세의 왕녀 마거릿의 딸이었고, 엘리자베스 1세를 계승한 제임스 1세의 모친이다.) 메리 스튜어트를 장고(長考) 끝에 반역죄로 처단했다.

메리 스튜어트는 당시 44세였다. 옥중에 갇힌 메리에게 죄를 인정하면 극형을 사면한다고 했지만, 메리는 끝내 죄과를 인정하지 않았다. 메리 스튜어트의 처형은 16세기 후반 종교 분쟁의 처절한 단면이었다. 엘리자베스 여왕 살해 음모, 메리 여왕 옹립, 구교 신앙의 부활, 스페인의 영국 침공 등 위협의 근원은 교황 그레고리우스 13세였다. 이 음모를 적발한 것은 월싱엄의 정보기관이었는데, 신교와 구교의 종교 분쟁은 엄청난 국가적 재난이었다.

가톨릭교회 사제 길버트 기포드(Gilbert Gifford)가 프랑스에서 영국 땅 라이(Rye)에 도착한 순간 체포되어 월싱엄 앞에 끌려왔다. 기포드는 파리에 있는 메리 측근이 보낸 요원이었다. 그는 메리와 접선하여 프랑스 대사관에 예치한 밀서를 전달하는 역할을 했다. 월싱엄은 기포드를 역으로 이용했다. 메리의 회답 편지가 샛길로 빠져 월싱엄의 테이블에 도착했다. 월싱엄의 비서 토머스 펠리페(Thomas Phelippes)는 암호해독 전문가였다. 메리의 암호문서가 해독되어 복사된 후, 다시 원본은 원래의 착신지로 송부되었다. 편지 누설을 알지 못했던 기포드는 메리 스튜어트에게 편지를 비밀리에 전달하는 루트를 자랑했다. 작은 방수통에 넣은 편지를 양조업자가 정기적으로 메리에게 배달하는 맥주통에 숨겨 송달한 것이다. 벅스턴(Buxton)의 주류업자 마스터 버턴(Master Burton)은 메리 스튜어트 신봉자였다. 그는 체포되어 모든 것을 털어놓았다.

영국 북부지방에는 가톨릭 신봉자들이 은거하고 있었다. 노섬벌랜드 백작이나 웨스트모어랜드 백작이 이들의 후원자였다. 이들은 엘리자베스 여왕을 위협하고 해치는 세력이었다. 가톨릭 신도들 간에도 신앙과 국가 중 어느 편을 들 것인가의 문제로 분열이 생겼다. 신교도들 간의 분열도 골칫거리였다. 그중에서 청교도들은 영국국교회가 가톨릭 편을 든다고 심하게 반발했다. 엘리자베스 시대 초기에 소수파였던 청교도들은 의회 일부 의원들의 비호를 받으면서 점차 세력을 확장했다. 에식스 백작(Earl of Essex)이나 헌팅턴 백작(Earl of Huntingdon) 등 정치세력도 이들에 가세했다. 성서를 신앙과 생활의 절대적인 길잡이로 삼았던 청교도들은 급기야 가톨릭보다 더 위협적인 종교적이며 정치적인 세력으로 떠올랐다.

1559년 '국가지상법'과 '예배통일법'이 시행된 후, 신교도 가운데 '반성직복파(反聖職服派)'를 중심으로 1560년에 청교도 집단이 형성되었다. 이들 주체세력은 영국국교회를 근간으로 삼고 개혁을 추진하는 성직자들이었다. 일의 발단은 케임브리지대학교 신학교수 토마스 카트라이트의 「사도행전」 강의였다. 예수 사후에 사도들 활동을 기록한 초대교회의 역사가 신약성서의 「사도행전」이다. 카트라이트 교수는 교회통치기구 연구를 통해 주교제도는 나중에 인간이 정한 제도이고, 장로교회제도가 본래 성서에 정해진 교회 존재 방식이라고 주장했다. 칼뱅도 이주장에 동의했다. 이 강의 때문에 물의를 빚어 카트라이트는 교수직에서 해임되었다. 카트라이트의 주장에 호응한 장로교회는 여왕의 종교정책에 불만을 품고 '의회권고' 문서를 작성해서 영국 의회에 제출했다. 이 문서는 영국국교회가 주교제를 폐지하고 장로교제로 전환해야 된다는 주장을 담고 있었다. 국교회 측은 이 제안에 반대하며 주교제를 계속 밀고 나갔다.

3. 메리 스튜어트의 반란

　엘리자베스 1세의 종교정책은 가톨릭의 입장을 고려하면서 신교도들에게 최대한의 만족을 주는 이른바 중도정책이었다. 교리상으로도 칼뱅주의를 받아들이면서 예배 양식이나 성직 복장 제도에서는 구교파의 요소를 남겨놓았다. 청교도들은 이 같은 방식에 불만이었다. 신교의 개혁이 미진하다고 판단한 것이다. 엘리자베스 여왕은 영국국교회는 국가에 대한 영국민의 복종을 가능케 하는 '장치'라고 생각했다. 여왕은 청교도들의 광신적인 극단주의가 애국심을 손상하는 것을 좋아하지 않았다.

　트레블리안(G.M. Trevelyan)은 그의 『영국사』(1942)에서 초기 12년 동안 엘리자베스 여왕은 가톨릭을 심하게 다루지 않았고, 이 시기에는 아무도 종교적인 이유로 사형을 받은 일이 없었다고 말했다. 1570년 교황 피우스 5세(Pius V)는 엘리자베스 여왕을 이단자로 몰면서 불법으로 왕위에 오른 여왕에 대해서 영국민의 반항을 촉구하는 친서를 공표했다.

이 일로 촉발된 여왕 암살 음모에 가담한 신부들이 1577년에 속속 적발되고, 1580년 반역죄로 29명이 체포되었다. 주모자는 예수회(Jesuit) 신부 로버트 퍼슨스(Robert Persons)와 에드먼드 캠피언(Edmund Campion)이었다. 캠피언은 체포되어 런던탑에서 고문을 받으며 반역죄로 처형되었다. 음모론으로 궁정은 분노로 들끓었다. "인간은 모두 악독하다." 왕의 측근인 월터 롤리는 분격했다. 가톨릭 신자들은 요주의 인물로 감시 대상이 되고, 공직 기관에서 가톨릭 신도들이 축출되는 사태가 벌어졌다.

메리 1세의 부군이던 스페인의 펠리페 2세(1527~1598)는 끊임없이 엘리자베스 여왕의 암살을 시도했다. 그러나 1588년, 아르마다(Armada) 해전에서 스페인이 영국 해군에 참패한 후 국력을 잃게 되었다. 펠리페 2세는 해외 원정에 지출한 과도한 전비(戰費)로 재정이 파탄나면서, 외교정책도 난관에 봉착하고, 정치적으로 궁지에 몰렸다.

엘리자베스 여왕 치세 초기는 헨리 8세 이후 처음으로 학살도, 반란도, 재난도 없는 안정과 평화의 시대였다. 여왕은 평화의 시대를 지속되기를 원했지만, 궁정은 온갖 풍설로 파란이 일고 법석을 떨었다. "적으로부터 벗어나라. 친구가 있음을 상기하라." 엘리자베스 여왕은 난국에 직면할 때마다 항상 성경 말씀을 떠올리며 국민을 설득했다.

추기경 윌리엄 알렌(William Allen)은 옥스퍼드대학교 요직을 버리고 1568년 가톨릭 신학교를 프랑스 도웨이에 설립했다. 이 신학교에서 배출된 예수회 수사(修士)들은 가톨릭 복원이라는 종교적 사명과 엘리자베스 여왕 암살이라는 정치적 목적을 달성하기 위해 극비리에 영국으로 잠입했다. 수사들은 신자들에게 교황에 대한 복종을 설복했다. 이들은 메리 스튜어트를 새 여왕으로 추대한다는 계획도 세웠다. 윌리엄 세실과 프랜시스 월싱엄은 초긴장 속에서 치밀하게 움직였다. 이들의 정보망에 사건의 단서가 포착되었는데, 놀랍게도 메리 스튜어트가 연루된 사실이 확인되었다. 수사들이 일망타진 체포되어 국가반역죄로 교수형에 처단되었다. 가톨릭교회는 이들을 순교자로 추앙했다. 캠피언은 그 대표적인 존재였다.

프랑스와 스페인, 그리고 교황청이 주도하는 국제적 음모도 발각되었다. 1584년 여름, 이른바 스록모턴(Throckmorton) 형제의 암살 음모 사건이다. 엘리자베스 여왕 살해, 메리 스튜어트 옹립, 구교 신앙의 부활, 스페인의 영국 침공 실현이었다. 정보기관을 움직인 월싱엄은 1583년 스록모턴 형을 체포했다. 그의 자백으로 음모에 가담한 영국 귀족과 지방 유지들의 이름이 밝혀지고, 영국 주재 스페인 대사 멘도자(Mendoza)의 가담 사실도 드러났다. 그는 즉시 국외로 추방되었다. 자백한 형은 처형되었다. 해마다 평균 4명의 가톨릭 성직자가 교수형을 받았다. 메리 여왕 시절에는 해마다 평균 56명의 성직자가 교수형으로 처단되었다. 이들의 죄목은 이단이 아니라 반역이었다.

여왕 살해 음모는 계속되었다. 1586년, 바빙턴(Anthony Babington) 음모 사건이 발생했다. 이 사건의 주모자는 바빙턴이 아니었다. 파리에 있는 메리 스튜어트의 대리인 토머스 모건(Thomas Morgan)과 예수회 수도사 존 발라드(John Ballard)가 주모자였다. 한때 메리를 감시했던 바빙턴은 10대 후반 대륙 여행 시 발라드에 포섭되어 음모에 휘말렸다. 1985년 5월, 기포드는 월싱엄에게 메리 스튜어트가 멘도자 대사에게 보낸 두 통의 편지를 입수해서 전달했다. 스페인이 영국을 침공해서 자신을 도와달라는 한 통의 편지와 메리의 후원자 찰스 패짓(Charles Paget)에게 전해달라고 부탁한 두 번째 편지였다. 편지 내용은 영국 침공의 다급함을 패짓이 스페인의 펠리페 2세에게 알려달라는 부탁이었다. 패짓의 답장도 월싱엄 책상 위에 있었다. 그 답장에는 프랑스의 수도사 발라드가 최근 영국에 도착해서 가톨릭교도의 반란을 획책하고 있다는 내용이 담겨 있었다. 월싱엄 첩자들은 즉시 발라드 감시를 시작했다.

발라드는 일을 성사시키기 위해 2년 동안 메리를 지원해온 바빙턴을 방문해서 협조를 부탁했다. 당시 부유한 더비셔(Derbyshire) 가문 출신이었던 바빙턴은 25세의 열정적이고 단아한 젊은이였다. 그는 한때 메리의 시동으로 있었다. 6월, 발라드와 바빙턴은 펠리페 왕이 영국을 침공해서 여왕을 살해한다는 소식을 접했다. 바빙턴은 메리의 선동에 넘어간 6인의 양가집 젊은이들과 함께 직접 살해음모에 가담했다. 바빙턴을 엄중 감시하고 있던 월싱엄은 메리와 바빙턴의 편지 교신을 기다렸다. 6월 25일 메리가 편지를 쓰고, 7월 6일 바빙턴이 회답했다. 그 내용은 여왕 살해 계획이었다. 바빙턴은 메리의 승인과 자문을 요청했다. 월싱엄은 메리가 어떻게 대처할 것인지 기다리고 있었다. 월싱엄이 애타게 기다리던 다음 편지를 7월 17일 암호로 메리의 두 비서가 작성했다. 메리는 이때 엘리자베스 여왕 살해 음모 증거를 남기게 되었다. 이 편지는 월싱엄이 엘리자베스 여왕을 위해 작성한 '연합공약(Act of Association)'에 저촉되었다. 메리 처단의 법적 근거가 확보된 셈이었다. 이 공약은 특정한 인물을 왕위에 추대하기 위해 엘리자베스 여왕을 살해하는 경우, 그 인물의 왕위 승계를 인정하지 않을 뿐 아니라, 그 일을 수행한 범법자를 극형에 처단한다는 내용을 담고 있었다. 후에, 메리 스튜어트의 지지자들은 이 편지가 월싱엄이 날조한 것이라고 비난했다. 그러나, 메리의 음모 가담은 멘도자 대사에게 보낸 편지로 진상이 확인되었다. 거사 직전 바빙턴 암살단 일행은 흥분을 참지 못하고 런던 주점에서 여왕 암살 소문을 퍼뜨리며 성공을 기약하는 축배를 들고, 영웅이 된 듯 그룹 초상화를 제작했다.

7월 5일, 엘리자베스 여왕과 스코틀랜드의 제임스 6세는 '버위크 조약(Treaty of Berwick)'을 맺었다. 두 나라가 외침(外侵)을 당할 경우 상호 협력한다는 동맹조약이다. 이 조약으로 인해 스페인은 북방 지역으로부터 영국을 침공할 수 없게 되었다. 메리 스튜어트는 아들의 배신에 대해서 슬퍼하고, 절망하면서 여왕 살해를 결행했다. 8월, 월싱엄은 메리 스튜어트 반역에 관한 모든 증거 자료를 확보했다. 월싱엄은 타격의 순간이 임박했다고 생각했다.

8월 4일 발라드가 체포되어 런던탑으로 압송되었다. 바빙턴은 공포에 휩싸였다. 그날 중으로 여왕을 살해해야 된다고 생각했다. 그러나, 그는 궁정에 출입할 수 있는 복장이 아니었다. 옷을 갈아입을 시간이 없었다. 바빙턴은 도주하고 행방을 감추었다. 여왕은 비상시국 경계령을 내렸다. 월싱엄은 직접 메리 스튜어트를 체포했다.

8월 14일, 런던 북방 세인트존스 숲에 잠복한 바빙턴이 체포되어 런던탑으로 압송되었다. 일당의 체포 소식이 전해지자, 국민들은 환호하며, 교회 종을 일제히 울렸다. 런던 거리에는 봉화가 올랐다. 여왕은 깊은 감동 속에서 국민에게 감사의 친서를 발표했다. 수많은 연루자들이 체포되고 투옥되었다. 9월 13일 바빙턴 일당의 재판이 시작되었다. 9월 20일, 바빙턴, 발라드, 그리고 다섯 명의 연루자들이 교수형을 당했다.

　　　　　　　　　　　세익스피어와 종교 : 〈햄릿〉 격론

1587년 2월 7일, 메리의 사형집행 영장이 발부되었다. 2월 8일 아침, 불운의 스코틀랜드 여왕 메리 스튜어트는 44세 나이에 단두대의 이슬로 사라졌다.

4. 엘리자베스 여왕과 에식스 경

"하느님이 자신을 왕위에 오르게 하셨다"며 감사기도를 올린 엘리자베스 1세에게 수많은 구혼자들이 몰려들었다. 스페인 왕 펠리페 2세도 그중 한 사람이었다. 신성로마제국 황제 페르디난트 1세도 자신의 차남이나 삼남을 생각하고 있었다. 오스트리아의 합스부르크 왕가는 영국과의 혈연을 위해 안간힘을 쓰고 있었다. 그러나 이 모든 청혼은 상대국의 가톨릭 신앙 때문에 수포로 돌아갔다. 다만, 신교도 나라 스웨덴은 유리했다. 왕세자 에리크는 엘리자베스와의 결혼을 열망했다. 스코틀랜드 애런 백작의 장남 제임스 해밀턴도 물망에 오르고 있었다. 추밀원 의관 애런델 백작도 후보자의 한 사람이었다.

여왕은 결혼에 관심이 없었다. 1562년 가을, 여왕이 천연두에 걸려 생명이 위태로웠다. 이때 거론된 쟁점은 후계자 문제였다. 궁정은 이 문제로 어수선해지고 어려움에 봉착했다. 여왕의 자손이 없었기 때문이다. 1563년, 상하 양원 의회는 여왕이 결혼에 관심을 가져줄 것을 요

세익스피어와 종교 : 〈햄릿〉 격론

청했다. 여왕은 당시 30세였다. 1570년, 프랑스 발루아 왕조의 알랑송 공작과 결혼 교섭이 시작되었다. 이 교섭은 스페인에 대항하는 양국의 결집을 다지는 정략적인 측면이 있었다. 여왕은 40세였고, 알랑송 공작은 20세였다. 이 일은 성사되지 않았다. 이후, 여왕은 평생을 독신으로 지낼 결심을 하게 된다. 이른바 시인 스펜서의 「요정 여왕」에서 묘사된 '글로리아나(Gloriana)' 처녀왕이다.

이토록 결혼을 미룬 이유 중 한 가지가 여왕이 사랑한 로버트 더들리(Robert Dudley, 1532~1588)였다고 한다. 엘리자베스 여왕과 로버트는 비슷한 나이에 어릴 적 친구였고, 로버트가 기혼자였음에도 두 사람은 사랑에 빠졌다. 여왕은 한동안 로버트와의 결혼을 깊이 생각하고 있었다. 그러나 측근인 윌리엄 세실과 니콜라스 스록모턴은 반대였다. 결혼이 성사되면 귀족들은 반란을 일으킬 태세였다. 결혼은 불발되었지만 로버트는 여왕의 감성 깊이에 계속 파고들고 있었다.

기세를 떨치던 더들리에게 뜻밖에 사건이 발생했다. 1560년 가을, 더들리의 아내 에이미가 의문스럽게 죽었다. 여왕은 에이미가 계단에서 떨어져서 사고로 별세했다고 공표했지만, 국민들은 믿으려 하지 않았고, 의심은 증폭되었다. 여왕은 일의 심각성을 고려해서 로버트에게 사건의 진상이 밝혀질 때까지 사저에서 근신하도록 했다. 에이미 암살 의혹 때문에 로버트는 용의자로 지목되어 충격을 받았다. 여왕은 공정한 검시와 조사를 지시했다. 로버트는 자신의 앞날에 불안감을 갖게 되었다.

사건은 에이미의 사고사로 종결되었다. 로버트 관련설은 계속 제기되었으니, 이 사건으로 궁정 안에서 치열했던 계파 싸움에서 세실은 승리하고 로버트는 패배했다. 여왕은 이 사건 이후, 부쩍 세실과의 대면이 빈번해지고 그와 함께 국사를 의논하는 일이 많아졌다. 세실은 현실주의자요 실용주의자로 자처했다. 훗날, 에이미 사망의 원인은 세실이었다는 주장도 제기되었다. 세실은 여왕과 로버트의 결합은 나라를 망치는 일이라고 믿었기 때문에 로버트에게 타격을 주어 그의 권력을 위축시켜야 일은 풀릴 수 있다고 믿었다.

에이미의 장례식이 끝나고, 로버트는 궁정에 돌아왔다. 엘리자베스 여왕도 아무 일이 없었다는 듯 행동했다. 로버트는 여전히 자신만만했다. 두 사람의 결혼설이 다시 제기되었지만, 세실은 어림도 없다는 생각이었다. 엘리자베스 여왕은 고민했다. 사사로운 감정이냐, 군주의 의무냐라는 갈림길에서 마음이 두 쪽 났다. 세실은 여왕이 로버트와 결혼하지 않는다고 단정했다. 여왕은 나라를 더 크게 생각했다. 현명한 판단이었다. 로버트는 여왕에게 공개적으로 자신을 책망하지 말라고 애걸했다. 여왕은 그의 뺨을 만지면서 웃어넘겼다. 로버트의 위세는 날로 꺾이는 듯했다. 그러나 뜻밖에도 여왕은 1563년 6월, 워위크셔(Warwick-shire)에 있는 케닐워스 성(Kenilworth Castle)을 로버트에게 하사하고, 1564년에는 그를 레스터 백작으로 서임했다. 로버트는 여전히 세실과 맞서는 세력의 우두머리였다. 여왕은 자신의 도덕성이 상처를 입으면 국민의 존경심과 신임을 잃게 되고, 급기야는 왕위도 위태로워진다는 것을 알고 있었다. 여왕은 위기를 슬기롭게 넘겼다. 로버트는 여전히 여왕 곁에 있었지만 여왕의 태도는 그전 같지 않았다.

1578년 로버트 더들리는 재혼을 했다. 상대는 에식스 백작 미망인 레티스 놀리(Lettice Knollys)였다. 레티스의 아들이자 로버트 더들리의 의붓

아들, 에식스 백작 로버트 데버루(Earl of Essex, Robert Devereux, 1566~1601)는 계부가 받았던 특권과 여왕의 총애를 이어받으며 새로운 총신으로 떠올랐다.

궁궐 내 요직에 임명된 로버트 데버루는 연수(年收) 1,500파운드에 궁궐 안 집무실과 거실을 부여받았다. 그는 자신의 신하도 거느릴 수 있었다. 여왕은 로버트와 하루 일정을 거의 함께했다.

여왕의 하루는 일찍 일어나서 공원 산책으로 시작되었다. 아침 식사는 추밀원에서 혼자 마쳤다. 식사 후, 비서를 불러 하루의 일정을 챙기고 편지와 서류를 살핀 후 서명을 했다. 그러고 나서 추밀원 회의에 참석했다. 점심 식사도 추밀원에서 했다. 오후에는 접견실에서 외국 대사를 영접하고, 방문객을 맞아들였다. 이런 와중에서도 여왕이 즐기는 무용은 거르지 않았다. 춤은 여왕의 격한 성격을 부드럽게 풀어주었다. 저녁에는 연회(宴會)에 참석했다. 여왕이 즐기는 음악회와 연극 관람은 중요 일정이었다. 때로는 여왕 자신이 피리를 불고 하프시코드를 연주했다. 연회가 끝나면, 밤에는 카드놀이를 했다. 잠자리에 들기 전에 공문서를 정독했다. 급한 자문을 받을 일이 아니면 측근을 한밤중에 부르지 않았다. 간혹, 밤중에 중대한 결정을 하고 나서 아침에 뒤집는 일도 있었다. 측근들은 이때 곤욕을 치렀다.

1593년, 에식스 백작 로버트 데버루는 추밀원 의관이 되었다. 1596년, 윌리엄 세실은 여전히 여왕과 친밀하게 지내면서 정무를 수행했다. 에식스 백작은 궁정 생활에 넌더리가 나기 시작했다. 그는 참전의 모험이 하고 싶었다. 그 기회가 왔다. 1596년, 카디즈(Cadiz) 원정이었다. 카디즈는 영국 침공을 위한 스페인의 군사기지였다. 엘리자베스 여왕은 에식스 백작을 원정대 총사령관에 임명했다. 카디즈 전투에서 대승리를 거두자 여왕은 에식스를 영웅이라고 격찬했다. 에식스는 이제 여왕의 품에서 의회를 장악하며 국정에 깊이 참견했다.

1599년 4월, 에식스 백작은 15,000명의 군사를 이끌고 타이론(Tyron) 반란 진압을 위해 아일랜드 더블린에 상륙했다. 이 원정은 대실패로 끝났다. 에식스는 반란군과 불명예스러운 휴전협정을 맺었다. 여왕은 격노했다. 에식스를 비난하면서 "그런 치욕은 공개적으로 처벌을 받아야 한다"고 추밀원에서 성토했다. 여왕과 에식스 사이가 극도로 악화되었다. 에식스는 추밀원에도 의회에도 모습을 드러내지 않았다. 여왕에 대한 엄중한 항의였다. 그로 인해 여왕의 정무는 계속 지연되었다. 여왕은 한 걸음 물러섰다. 화해가 이뤄졌다. 그러다 다시 인사 문제로 여왕과 에식스가 충돌하고 격론이 벌어졌다. 에식스는 여왕에게 불손하게 행동했다. 여왕은 "꺼져버려! 교수형 감이야!"라고 뱉었다. 이 말에 에식스는 칼 손잡이에 손을 대고 고함을 질렀다. "나는 그런 모욕을 참을 수 없어." 노팅엄이 말렸지만 때가 늦었다. 에식스는 순식간에 여왕에게 손찌검을 날렸다. 순간, 에식스는 자신이 엄청난 일을 저질렀다고 후회했다.

엘리자베스 여왕은 창백한 얼굴로 침묵을 지켰다. 아무도 입을 열지 않았다. 에식스는 밖으로 뛰어나갔다. 궁정 안에서 여왕이 에식스 체포령을 내린다는 소리가 들렸다. 에식스의 런던탑 구금은 기정사실이 되었다. 일부 측근들은 에식스의 처형을 예측했다. 그러나 여왕은 아무런 조치도 내리지 않았다. 그 사건을 입에 담지도 않았다. 엘리자베스 여왕은 이런 모욕에도 불구하고 에식스가 필요했다. 에식스는 완고하게

버렸다. 그러나, 점차 여왕은 그의 오만함과 충성심에 의심을 품게 되었다. 여왕은 에식스의 중요 관직을 박탈하고, 그에게 궁정 출입 금지령을 내렸다.

이 조치에 격분한 에식스는 급기야 반란을 일으켜 스코틀랜드의 제임스 6세를 옹립하려고 했다. 1601년 2월 8일, 에식스 반란은 대실패로 끝났다. 에식스는 체포되어, 반란죄로 재판을 받고 2월 25일 런던탑에서 고관대작들이 지켜보는 가운데 처형되었다. 그의 공모자들도 처형되었다. 49명의 가담자들은 투옥되고 벌금을 물었다. 에식스의 심복이었던 사우샘프턴은 종신형으로 감형되었다.

셰익스피어는 사우샘프턴과 에식스의 열렬한 숭배자였다. 그의 작품 〈헨리 5세〉, 〈베니스의 상인〉(카디즈 원정), 〈존 왕〉(카디즈 원정), 〈피닉스와 거북〉(엘리자베스와 에식스의 관계) 〈트로일러스와 크레시다〉(아킬레스) 등에 이들의 행적이 암암리에 묘사되고 있다. 셰익스피어 학자 존 도버 윌슨(John Dover WIlson)은 햄릿의 성격 창조는 에식스를 이해하려는 셰익스피어의 집념이었다고 말했다. 여왕은 공적으로는 당당했지만, 사적으로는 그의 죽음을 몹시 슬퍼하며 한숨과 눈물의 세월을 보냈다. 여왕은 자신의 경고를 무시한 에식스의 처신을 몹시 개탄했다. 에식스 사망 후 몇 개월 동안 여왕은 심한 우울증으로 힘이 빠지고 집중력을 잃었다. 국사에도 무관심했다. 말년 2년 동안 여왕은 기진맥진한 고립 상태였다. 여왕은 프랑스 대사에게 말했다. "나는 인생에 지쳤다. 무엇으로도 만족할 수 없고, 아무런 기쁨도 누릴 수 없다."

튜더 왕조는 변란의 연속이었다. 여왕은 격정적인 성격이었다. 그러나 위기에 직면하면 냉정함과 침착성을 잃지 않았다. 스페인의 아르마다 해전, 메리 스튜어트와 에식스 백작의 처단, 독점특종허가 분쟁을 통한 의회와의 충돌, 종교 분쟁 등에서 여왕은 위정자로서 탁월한 능력을 보여주면서 국가 발전에 획기적인 업적을 남겼다. 이런 일이 어떻게 가능했는가.

헨리 8세와 앤 불린의 사생아로 태어나서 홀대받던 불행한 성장기에서 즉위에 이르기까지 겪었던 고난의 인생은 여왕에게 지혜를 안겨주고, 성장 과정에서 수학한 인문주의 교육의 풍성한 학식과 지성은 여왕에게 판단력을 주었다. 측근 충신들의 성공적인 인사 관리도 한몫을 했을 것이다. 튜더 왕조 3세대 5인의 역사는 끝나고 있었다. 1603년 3월 24일, 목요일 오전 3시 몇 분 전, 여왕은 영면했다. 튜더 왕조는 캄캄한 밤으로 사라졌다. 빗방울이 여왕의 창문을 후두두 치고 있었다. 여왕은 에식스가 그에게 준 반지를 임종 때까지 끼고 있었다. 엘리자베스 여왕의 에식스 사형 서명서는 현재 런던 대영박물관에 전시되고 있다.

제2장

셰익스피어는 누구인가?

1. 셰익스피어가 살았던 시대로 가보자

윌리엄 셰익스피어 최초의 전기는 그의 사후 100년 만에 나온 전기 작가 니콜라스 로(Nicholas Rowe, 1674~1718)의 저서 『윌리엄 셰익스피어의 작품』(1709)이다. 그의 책은 18세기 말 셰익스피어 연구를 부추기고 촉진하는 계기가 되었다. 조지 스티븐스(George Stevens)는 셰익스피어에 관해서 믿을 수 있는 50개 항목을 기록으로 남겼다. 그 가운데서 특히 중요한 것은 윌리엄 셰익스피어 유언장(1616년 3월 25일 서명 후, 1616년 6월 22일 확정), 스트랫퍼드-에이번 교구의 기록물, 존 셰익스피어의 아들 윌리엄의 세례(1564년 4월 26일), 앤 해서웨이(Anne Hathaway)와의 결혼(1582년 11월 28일), 6개월 후 딸 수잔나(Susanna)의 탄생(1583년 5월 26일), 아들 햄닛(Hamnet)과 딸 주디스(Judith) 쌍둥이 세례(1585년 2월 2일), 윌리엄 셰익스피어의 매장 기록(1616년 4월 25일, 홀리 트리니티 교회) 등이 된다.

현재의 셰익스피어 연구는 방대한 양에 이르게 되어 셰익스피어에 관해서 믿을 수 있는 기록은 스티븐스보다 훨씬 많아졌다. 셰익스피어와 그의 가족, 궁정에서 지출하고 극단이 수령한 재무 기록, 글로브극장, 재판 관련, 부동산 구입 명세와 세금, 재산 축적 상황 등이 셰익스피어에 관해서 알려지고 있다. 이 모든 공식 기록이 그의 인생과 창작 활동에 어떤 영향을 끼쳤는지에 대해서는 수많은 추정을 할 수 있다. 그러나 여전히 셰익스피어의 인생은 신비롭게 가려져 있고, 그의 작품은 집요한 도전의 대상이 되고 있다. 조너선 베이트(Jonathan Bate)의 저서 『셰익스피어의 진수』(1998, 2008)는 그 신비를 밝히는 새로운 접근 방법과 내용으로 학계의 관심을 사고 있다. 그는 셰익스피어가 받은 교육은 영국 국교의 교리문답에서 정해진 기독교 원리에서 시작되었다는 의견을 내놓고 있다. 나는 그의 주장에 공감하고 있다. 셰익스피어는 성서 내용을 정신의 원천으로 삼고 작품을 썼다는 생각을 부인할 수 없기 때문이다.

윌리엄 셰익스피어는 워릭셔(Warwickshire), 스트랫퍼드-에이번(Stratford-upon-Avon)에서 1564년 4월 23일 출생하여 26일 트리니티 교회에서 세례를 받았다. 셰익스피어는 아버지 존 셰익스피어와 어머니 메리의 장남이었다. 당시, 엘리자베스 여왕은 31세였고, 치세 6년째 되는 해였다. 셰익스피어는 아버지 손에 매달려 런던 극단의 순회공연을 본 적이 있으며, 때로는 여왕의 지방순례 행차도 관람했다고 한다. 두 누님은 유아 때 사망했다. 그의 부친은 장갑 제조업자요 양모 판매상인이었다. 집이 두 채나 될 정도로 부유했다.

존은 1565년에는 스트랫퍼드 14인 참사위원 중 한 사람이었고, 셰익스피어가 네 살 때인 1568년 시장으로 출세했다. 존이 시 참사위원이나 시장을 할 때 런던 극단이 지방 순회공연을 위해 이곳에 왔다. 이럴 때면 극단은 시장과 참사위원들 앞에서 일단 시연회를 한다. 이 시연회 비용은 시장이 지불했다. 그 공연을 어린 셰익스피어가 관람했을 것이라고 추측된다. 당시 공연된 연극은 도덕극이었다.

구약성서와 신약성서를 극화한 작품이다. 천지창조로 시작해서 최후의 심판까지 전체 40편에서 50편으로 연결되는 연쇄극이다. 중세 도덕극이 르네상스 시대에 이르러 영혼의 구제, 신앙의 문제, 선과 악의 문제와 사회적 관심 등으로 주제가 바뀌면서 계몽극의 성격을 지니게 되었다. 셰익스피어는 어릴 적에 도덕극이나 세속극인 막간극(interlude)도 보았을 것이다. 50편의 도덕극 각 한 편씩의 제작을 길드가 분담했다. 당시 요크(York) 지방에서 공연된 도덕극 프로그램을 보면 연쇄극을 분담한 길드의 이름이 적혀 있다.

중세 도덕극이 셰익스피어에게 끼친 영향은 〈햄릿〉뿐만 아니라는 생각이 든다. 셰익스피어가 성서의 헤롯 왕이 등장하는 도덕극을 보았을 것이라는 추측은 〈햄릿〉 3막 2장 극중극 직전의 햄릿 연기론 대사에서 확인할 수 있다.

감정이 폭풍처럼, 회오리바람처럼 격하게 솟구칠 때에도 자제력을 잃지 말고 유연하게 해야 돼. 아, 얼마나 불쾌한 일인가 말이야. 가발 쓴 배우들이 나와도 괜찮을 테지만. 그런 배우들은 고래고래 고함을 지르며 지나치게 과장된 감정 표현을 일삼고 있으니, 엉터리 무언극이나, 신파극밖에 모르는 입석 손님들 상대하고 있다면 괜찮을 테지만, 그런 배우들을 보면 폭군 터마간트도 무색해져 도망갈 걸세. 폭군

헤롯보다 한술 더 뜨는 작자들이야. 제발 그 짓만은 말아주게.

1590년대 발표한 연작 사극에도 성서는 영향을 끼치고 있다. 이 시기에 셰익스피어는 〈실수연발〉, 〈말괄량이 길들이기〉, 〈한여름 밤의 꿈〉, 〈베니스의 상인〉, 〈헛소동〉, 〈당신이 좋으실 대로〉 등 희극 작품을 쓰면서 동시에 〈헨리 6세〉 3부작, 〈리처드 3세〉, 〈존 왕〉, 〈리처드 2세〉, 〈헨리 4세〉 2부작, 〈헨리 5세〉 등을 발표하고 있다. 이들 사극은 셰익스피어가 태어나기 100년 전 시대에 30년간 왕위계승권을 둘러싸고 격전을 벌인 장미전쟁을 소재로 삼고 있다. 특히 〈존 왕〉은 반(反)가톨릭을 주장한 작품이었고, 나머지 작품도 도덕극 계열이었다.

이들 역사극은 당시 국민들에게 심대한 영향을 미치고 있었다. 그 연극은 바로 민중들의 영국사 공부였다. 민중들의 오락적 본능을 충족시키면서 동시에 이들의 인생관, 역사관, 세계관을 바꾸게 하려는 셰익스피어의 의도가 숨어 있었다. 그는 〈햄릿〉에서 "연극은 시대를 비추는 거울"이라고 말했다. 튜더 왕조의 국가 통일은 종교적 독립과 함께 영국이 민족국가로서 정체성을 확립한 계기가 되었다. 특히 주목할 일은 셰익스피어가 도덕극에서 다룬 인류 구원의 종교적 주제는 튜더 왕조의 국가탄생 신화를 찬양하고 있다는 사실이다. 역사극을 신의 '섭리'라고 받아들인 셰익스피어는 1600년에 시작되는 비극 연작에서도 끈질기게 그 주제를 다루고 있었다.

〈오셀로〉는 데스데모나의 선이 이아고의 악(惡)에 의해 파멸당하는 비극이다. 〈맥베스〉는 중세 도덕극과 매우 흡사하다. 마녀의 화신으로 등장한 맥베스 부인은 맥베스를 악으로 유인해서 선한 인물인 스코틀랜드 왕 덩컨을 살해한다. 〈리어 왕〉과 〈햄릿〉의 공통된 주제는 인간의 영혼 구제와 속죄라는 도덕극에서 다룬 성서의 내용이다. 중세 도덕극의 정신을 셰익스피어가 깊이 전수하고 있다는 사례가 된다.

25세가 된 존 셰익스피어로 돌아가자. 스트랫퍼드의 헨리 스트리트에 위치한 번듯한 가옥을 구입할 정도로 성공한 존은 시장을 그만둔 후 사업에 실패했다. 1573년, 30파운드의 빚을 갚지 못해 부인의 자산과 자신의 부동산을 내놓았다. 존은 관직을 잃고, 1592년 교회 불참자가 되어 행방을 감췄다. 셰익스피어 학자 존 도버 윌슨은 존 셰익스피어가 몰락한 것은 재정상의 문제보다도 종교적인 이유 때문이라고 주장했다. 1592년 9월 25일, 워릭셔의 국교 기피자 명단에 존의 이름이 올라 있었다. 가톨릭 신자였던 존은 공직자가 될 수 없었고, 모든 일에서 제외되었다. 셰익스피어는 성장기에 이 일로 마음의 상처를 받았을 것이다. 어머니 메리의 집안은 가톨릭이요, 부농이었다. 메리는 셰익스피어에게 매일 성서를 읽어주었다. 셰익스피어는 그 기억 때문에 평생 성경 구절을 가슴에 품고 살았을 것이다.

셰익스피어는 그래머스쿨에 입학했다. 셰익스피어가 받은 정규 교육은 이것이 전부였다. 학교 수업은 성서와 키케로, 오비디우스, 베르길리우스, 호라티우스, 그리고 테렌티우스 등 고전작품이었다. 1577년, 셰익스피어는 13세가 되어 부친의 사업을 도왔다. 1582년 11월 27일 셰익스피어는 8세 연상의 앤 해서웨이(Anne Hathaway)와 결혼했다. 이들의 결혼으로 장녀 수잔나와 쌍둥이 햄닛과 주디스가 탄생했다. 아들 햄닛(Hamnet)은 11세 때 사망했다. 이름의 'n'을 'l'로 바꾸면 '햄릿(Hamlet)'

이 된다. 셰익스피어는 가장의 책임을 느끼며 다급해졌다. 고민 끝에, 유일한 희망은 런던으로 가서 살 길을 찾는 일이었다. 당시, 젊은이들 대부분 그랬다. 1586년, 셰익스피어는 결심했다. 양친과 이별하고, 처자식에 입 맞추고, 형제들 달래며 헤어졌다. 그는 진흙탕 길을 따라 터벅터벅 런던으로 향해 유랑의 길을 떠났다.

길에는 젊은 방랑자들이 넘쳐났다. 말 타고 가는 사람도 있지만, 대부분은 도보로 가는 가난한 사람들이다. 셰익스피어는 자신이 혼자가 아닌 것을 알게 되었다. 셰익스피어는 이들과 이야기를 나누면서 한 사람 한 사람 독특한 사연이 있다는 것을 알게 되었다. 길바닥은 인생의 난장판이요, 절박한 드라마요, 창작교실이었다. 길에서 행상인도 만났다. 〈겨울 이야기〉에 등장하는 오톨리커스(Autolycus) 같은 인물이다. 늙은이들, 병자들, 지체부자유자들의 모습은 참담했다. 이들을 돌볼 병원도, 요양원도, 자선기관도 없는 시대였다. 그들은 짐승처럼 헤매다 죽는다. 사람들은 여행자 단속 공무원을 무서워했다. 여행 증명서가 없으면 우범자나 부랑자로 몰려 곤욕을 치렀다. 셰익스피어도 주위를 살피면서 갔다. 길에는 좀도적이 우글댔다. 이들은 난폭한 악당들이 아니라 굶주리고 헐벗은 가난한 사람들이었다. 먹지 못하고, 없어서 훔쳤다. 〈헨리 4세 1부〉에는 이와 비슷한 노상강도 장면이 나온다. 사실상, 질병과 죽음은 일상적인 통과의례가 되었다.

페스트가 수시로 런던을 휩쓸었다. 천연두와 폐병도 쉽게 감염되는 질병이었다. 비누도 귀하고, 욕탕 시설도 없는 런던은 부자이건 서민이건 목욕을 자주 못 했다. 칫솔은 앞으로 70년 더 기다려야 했다. 충치와

셰익스피어와 종교 : 〈햄릿〉 격론

위장병과 피부병으로 국민들은 고통 받았다. 보건위생 개념도 없었다. 의술의 발전은 요원했다. 병원도, 의료시설도 턱없이 부족했다. 국민 5천 명에 의사 한 명꼴이었다. 런던에 병원은 둘뿐이었고, 그나마 치료는 부자들 차지였다. 마취제 없이 다리 절단 등 외과 수술을 했다. 의사는 사람 살리는 일보다 죽이는 일이 더 많았다. 대다수 서민들은 주술에 의존하거나, 아니면 신의 가호를 빌 뿐이었다. 국민들은 성서를 끼고 살았다. 기도는 생명줄이었다.

천신만고 끝에 셰익스피어는 런던에 도착했다. 화이트홀 왕궁, 웨스트민스터 사원, 국회의사당, 런던탑, 세인트폴 사원 등은 런던의 찬란한 금자탑이지만 서민들의 가난은 상상을 초월했다. 꼬불꼬불한 런던의 미로는 쓰레기와 동물의 오물로 악취가 풍겼다. 전염병은 들불처럼 번졌다. 주점에는 사람들이 맥주잔을 기울이고 있었다. 음모와 반역의 소문은 주점에서 꼬리에 꼬리를 물었다. 서민들에게 포도주는 고가의 수입품이었다. 차와 커피도 사치품이었다. 맥주는 서민들의 애환을 달래고, 고달픈 생활을 잠시나마 잊게 해주었다. 사형수도 마지막 가는 길에 맥주 한잔 마셨다. 궁정의 가신들과 무역상인들, 그리고 해외 탐험가들은 책과 미술품과 장식품에 돈을 펑펑 썼다. 런던은 르네상스였다. 템스 강물에는 연어가 넘치고, 들판에는 야생화들이 호들갑 떨었다. 젊은이들은 미친 듯 날뛰었다. 〈로미오와 줄리엣〉 속 젊은이들이다. 햄릿이다. 1600년, 런던은 절정기였다.

윌리엄 그린이 셰익스피어를 "벼락출세 까마귀(upstart crow)"라고 언급했던 1592년이 극작가 셰익스피어 원년(元年)이었다고 조너선 베이트는 말했다. 당시 셰익스피어는 28세였다. 런던은 전염병 때문에 극장을 1년간 폐쇄했다. 셰익스피어가 〈헨리 6세〉(1591)로 극계에 진출한 시기여서 공연 중단은 그에게 좌절감을 안겨주었다. 이때, 셰익스피어가 선택할 수 있는 출구는 배우로 지방 공연에 참여하는 일과, 계속 집에 파묻혀서 창작에 전념하는 일이었다. 출판사의 고료나 출연료만으로는 런던 생활이 어려웠다. 그래서 그가 택한 길은 귀족이나 궁정의 지원을 받는 일이었다.

1594년 6월 극장이 다시 문을 열었다. 셰익스피어는 집필과 공연에 몰두했다. 1593년 4월 18일 출판 등록한 그의 시집 『비너스와 아도니스』를 사우샘프턴 백작에게 헌정하면서 백작은 그의 후견인이 되었다. 셰익스피어는 이해에 〈타이터스 앤드로니커스〉, 〈말괄량이 길들이기〉, 〈루크리스의 능욕〉 등을 집필했다. 1594년, 〈로미오와 줄리엣〉, 〈사랑의 헛수고〉, 〈베로나의 두 신사〉를 완성했다.

1598년, 셰익스피어는 프랜시스 메레스(Francis Meres)로부터 "영국 최고의 극작가"라는 칭찬을 받는다. 1600년에는 가브리엘 하비(Gabriel Harvey), 1604년에는 앤서니 스콜로커(Anthony Skoloker)로부터 격찬을 받았다. 엘리자베스 여왕 시대 문화의 중심에는 시(詩)가 있었다. 셰익스피어는 처음에 시를 썼다. 1609년, 그 시편들이 『소네트』로 발간되었다. 1587년 혹은 1588년, 런던에 첫발을 내민 셰익스피어는 당시 예술가들이 숙식하는 여관(tavern)에 부지런히 드나들었을 것이다. 층층이 사방으로 객실에 둘러싸인 네모난 마당(inn-yard)에는 임시 가설무대가 설치되어 그곳에서 공연을 했다. 여관은 서민들의 사교장이요, 대중문화의 거점이었다. 그곳은 또한 신진 극작가의 등용문이었다. 셰익스피어는 애

당초 이곳을 드나들면서 연극계 사정을 터득하고, 템스 남안(南岸)에 늘어선 공중극장에 가서 지인의 소개장을 내밀었을 것이다.

문제는 1585년부터 1592년까지 7년 동안, 21세부터 28세 되는 시기에 그가 어디서 무엇을 하고 있었는지 알 수 없다는 사실이다. 이른바 셰익스피어의 '잃어버린 세월'이다. 이에 관한 설은 무성하다. 토머스 루시 저택에서 사슴을 훔쳐 달아났다는 설, 시골에서 학교 선생을 했다는 설, 런던에서 관객의 말(馬)을 돌봤다는 설, 그래머스쿨의 조교였다는 설, 셰익스피어 고향을 방문한 '여왕 극단'의 일원으로 런던에 진출했다는 설, 법률 사무실 도제였다는 설, 의학 공부를 했다는 설, 군인이 되어 해외로 출정 갔다는 설 등 학자들의 추측은 무성하지만 확실한 것은 하나도 없다. 이 가운데 특히 주목을 끄는 것은 스티븐 그린블랫(Stephen Greenblatt)이 쓴 『세상에 나온 윌』(2004)에서 언급한 내용이다.

1580년, 런던으로 가기 전, 셰익스피어는 랭카셔(Lancashire) 지방에서 극장 일과 교사직을 수행하면서 지방유지 알렉산더 호턴(Alexander Hoghton)의 신세를 진 적이 있다. 호턴은 1581년 8월 3일자 유언에서 자신의 사업과 무대 관련 기물을 인수하는 토머스 헤스키스(Thomas Hesketh)에게 윌리엄 셰익스피어를 잘 돌봐달라는 부탁을 했다. 다만 그가 지적한 이름은 'Shakespeare'가 아니라 'Shakeshafte'여서 논란이 제기되었지만, 학계는 동일인임을 인정했다.

셰익스피어가 가톨릭 세력의 중심지였던 북부지역에서 종교적으로 위험한 일을 했더라면 그는 에드먼드 캠피언과 똑같은 운명이 되었을 것이다. 헤스키스 집안은 재력가였다. 이들은 경제와 권력과 문화를 쥐고 흔들었다. 셰익스피어는 틀림없이 비밀스런 일에 접촉하고, 반란과 메리 스튜어트와 스페인 군대의 침입에 관한 소문도 들었을 것이다. 이 당시 캠피언도 영국에 잠입해서 가톨릭교도의 보호를 받기 위해 셰익스피어가 있는 곳으로 가고 있었다. 영국 추밀원은 그 지방의 불온한 분위기를 감지하고 캠피언 주변을 샅샅이 뒤졌다. 그로 인해 셰익스피어의 후원자 헤스키스가 투옥되었다. 캠피언은 가톨릭의 수난에 대해서 격노하며 반발했다.

캠피언은 라틴어로 된 저서 『열 가지 이유』에서 자신의 신앙을 고백했다. 그는 월싱엄이 투입한 첩자들을 피하면서 이 책을 썼다. 그는 변장을 하고, 주거지를 자주 옮기며, 아슬아슬하게 도피 생활을 했다.

1581년 겨울과 이듬해 봄, 랭카셔에 머물고 있을 때, 캠피언은 헤스키스와 호턴 집안의 보호를 받았다. 주민들은 그의 설교에 심취했다. 셰익스피어는 그를 만났을 것이다. 젊은 시인과 40세 수도사의 만남은 극적이요 감동적이었을 것이다. 셰익스피어는 캠피언의 신앙심, 지성, 그리고 달변에 매료되었을 것이다. 캠피언은 베르길리우스, 오비디우스, 호라티우스, 세네카에 통달했다. 셰익스피어의 아버지 존은 가톨릭 신자였다. 윌리엄도 종교적으로 영향을 받았을 것이다. 그러나, 그는 배우가 되는 것이 급선무였다. 죽음을 무릅쓴 종교적 저항에는 관심이 없었다. 셰익스피어는 헤스키스 주변에서 배우들을 만나면서 무대 출연도 하고 배우 수업을 했다고 추측된다. 그는 이들이 속했던 극단의 도움으로 런던으로 갔을지도 모른다. 이런 스토리는 스티븐 그린블랫과 상당수 학자들이 공감하는 주장이다.

셰익스피어만이 아니고, 런던에 도달한 수많은 젊은이들이 극장으로 몰려왔다. 배우로 출세해서 무대에 서는 일이 그들의 간절한 소망이었다. 1592년에서 1594년까지 런던의 전염병 때문에 극장이 폐쇄되자, 궁내 대신 극단(Lord Chamerlain's Men)은 지방공연으로 방향을 돌렸다. 셰익스피어는 당시 이 극단에서 도제로 있다가, 단역배우가 되어 무대를 익히고, 신진 극작가로 활동을 하게 되었다는 것이 정설이다. 이후 셰익스피어는 인기작가로서 1599년 글로브극장의 주주가 되었다. 이 일이 가능했던 것은 왕실의 극단 지원과 사우샘프턴 백작의 각별한 후원 때문이었다. 1572년 부랑자 처벌법이 제정되어 모든 극단은 귀족 1명과 사법부 고위직 관리 2인의 후원 보증을 받아야 했다. 극단은 유명 인사를 파트론(patron)으로 모시고, 궁정 공연을 준비하는 것이 최대의 목표가 되었다. 엘리자베스 여왕은 1583년 자신의 이름으로 극단을 만들고 정기적으로 어전 공연을 베풀었다.

1611년, 〈겨울 이야기〉가 5월 15일 글로브극장에서 공연되었다. 〈폭풍〉이 11월 1일 궁정에서 공연되었다. 1612년 〈헨리 8세〉가 집필되었다. 6월 29일 〈헨리 8세〉 공연 중에 글로브극장이 화재로 소실되었다. 1613년 2월 4일, 동생 리처드의 장례가 치러졌다. 1614년 6월, 글로브극장이 1,400파운드를 들여 재건되었다.

1616년 1월 26일, 52세 나이에 접어든 셰익스피어는 유언장을 작성했다. 2월 10일, 차녀 주디스가 토머스 퀴니와 결혼했다. 그는 유언장을 수정해서 3월 25일 서명했다. 4월 23일 윌리엄 셰익스피어는 마지막 숨을 거두고, 4월 25일 스트랫퍼드 홀리 트리니티 교회에 매장되었다. 1623년 8월 6일, 윌리엄의 아내 앤 해서웨이가 67세로 사망했다.

〈셰익스피어 초상〉, 존 테일러(John Taylor) 추정, 1610

셰익스피어와 종교 : 〈햄릿〉 격론

1623년 11월 8일, 윌리엄 셰익스피어의 폴리오판 전집이 존 헤밍스와 헨리 콘델에 의해 출판되었다. 두 사람은 셰익스피어와 20년 이상 같은 극단에서 고락을 함께한 친구였다. 폴리오판이란 종이를 두 겹으로 접어서 제본한 것이다. 당시 4절판이 보통이었는데, 폴리오 2절판은 성서, 기도서, 신학이나 과학, 고전학의 권위 있는 책을 만들 때 사용했다. 당시 벤 존슨의 『2절판 전집』(1616)이 예외에 속한다. 이 전집의 발간으로 셰익스피어의 작품은 유실되지 않았다. 셰익스피어는 유언장에 존 헤밍스(John Heminges), 헨리 콘델(Henry Condell), 리처드 버비지(Richard Burbage) 등 세 명의 극단 친구들에게 "반지를 사도록" 26펜스의 돈을 유증(遺贈)했다. 셰익스피어가 특히 헤밍스를 잊지 못하는 것은, 30년 전 '여왕 극단'의 일원으로서 스트랫퍼드를 방문한 헤밍스를 만나서 그가 연극의 길로 들어선 인연을 기억하고 있기 때문이다. 한편, 헤밍스는 무명의 시골 청년을 만나 희곡 창작의 능력을 보았으니 그도 대단한 통찰력을 지닌 예술가였을 것이다.

셰익스피어의 혈통은 이어지고 있는가? 자녀는 장녀 수잔나(1583~1649)와 쌍둥이 햄닛(1585~1596)과 주디스(1585~1662)이다. 장녀인 수잔나의 이름은 구약성서에 등장하는 정숙한 여성을 상기시킨다. 수잔나는 24세 때 신사 존 홀과 결혼했다. 이들 사이 출생한 딸이 엘리자베스(1608~1670)이다. 수잔나는 66세에 사망했다. 딸 엘리자베스는 두 번 결혼했는데 자녀 없이 61세에 사망했다. 장남 햄닛은 11세 때 사망했다. 셰익스피어의 가계는 여성이 장수했다. 차녀 주디스는 77세까지 살았다. 주디스는 31세 때 신사 리처드 퀴니(1589~1662)의 아들 토머스

(1620~1639)와 결혼했다. 주디스의 장남 셰익스피어 퀴니는 출생 직후 사망했다. 차남과 3남은 1639년 몇 주일 상간으로 둘 다 사망했다. 차남 리처드는 21세, 3남 토머스는 19세였다. 이해에 윌리엄 셰익스피어의 직계 혈통은 단절되었다.

2. 셰익스피어의 극장, 극단, 배우들

1594년 여름, 버비지가 극단을 창단하자 셰익스피어는 주주로 참여했다. 16세기 런던에는 두 종류의 극단이 있었다. 음악인 중심 극단과 배우 중심 극단이었다. 일부 극단은 왕후귀족들의 보호와 후원을 받고 정기적으로 어전 공연을 했지만, 나머지 극단은 부정기적으로 유랑하면서 귀족들 저택과 여관집 마당, 그리고 시골 장마당에서 공연을 했다. 순회공연 때는 마차에 짐을 싣고 다녔는데, 목적지에 도착하면 제일 먼저 하는 일은 시장을 만나서 극단의 소개장과 추천장을 제시하고, 시장으로부터 공연허가증을 받는 일이었다. 당시 배우들은 부랑자나 거지 신세였다. 교회도 마음대로 출입할 수 없었다. 보호자 없는 극단은 '부랑자 처벌법'으로 단속 대상이 되었다. 고관대작이나 귀족들의 후원과 보호가 없으면 극단을 유지할 수 없었다. 배우들은 귀족이 후원하는 직업극단에 소속되고 싶어했다. 셰익스피어가 런던에 와서 글로브극장에서 배우로 일하다가 극작가로 출세해서 귀족들의 후원을 받고, 여왕의 총애를 입은 것은 특별한 경우에 해당된다.

직업극단을 결성하려면 우선 고관대작에게 청원을 하고, 청원을 받은 귀족은 여왕에게 건의하고, 여왕이 허가해야 극단이 결성되어 활동을 할 수 있었다. 레스터 백작의 보호를 받은 제임스 버비지(James Burbage)는 영국에서 최초의 극장 '시어터극장(The Theatre)'(1576~1597) 건물을 세운 인물이다. 1570년에 연극 전문 극장이 처음으로 문을 열다 보니 이때부터 극장은 사회적 기업으로 발돋움하기 시작했다. 버비지의 레스터백작극단(1574)은 이 모든 것의 시작이었다. 궁정에서 문화예술을 관장하는 의전장(Master of Revels)이 12명의 배우를 선발해서 여왕극단(Queen's Men, 1583)을 창설했다. 이 극단은 영국 최고의 극단으로 발전하게 되었다. 이후, 해군제독극단(The Lord Admiral's Men)과 내무대신극단(The Lord Chamberlain's Men)이 출범하고, 1603년, 제임스 1세가 왕위에 오르자 국왕극단(The King's Men)이 결성되었다.

셰익스피어 학자 다이애나 드루카(Diana M. Deluca)는 논문 「〈햄릿〉에 있어서의 망령의 움직임」(1973)에서 셰익스피어가 활동하고 있었던 '글로브극장'에 관해서 다음과 같이 언급했다.

셰익스피어의 주무대가 된 글로브극장은 '레퍼토리 시스템'을 기본으로 삼고 있다. 배우들은 각자 열 편 정도의 작품에 자신이 맡은 특별한 역할을 할 수 있도록 책임을 지고 있다. 이런 시스템의 장점은 공연의 다양한 변화였다. 무대 형상화에 대한 세심한 배려와 무대 운영의 속도, 그리고 단순성은 공연을 성공시키는 요체였다. 엘리자베스 시대 극장을 알려면, 극단의 조직, 극장의 구조, 당시의 관습과 전통, 시대

셰익스피어와 종교 : 〈햄릿〉 격론

사조와 신학사상, 셰익스피어 등 작가에 대한 지식이 필요하다.

템스 남안에 연달아 공중극장(public theatre)이 건립되었다. 이 일은 런던을 르네상스 시대 문화의 중심도시로 격상시킨 놀라운 사건이었다. 커튼극장(1577), 뉴잉턴버츠극장(1579년경), 로즈극장(1587), 스완극장(1595년경), 글로브극장(1599, 1614 재건), 포천극장(1600, 1621 재건), 레드불극장(1605), 호프극장(1613) 등이 연이어 들어섰다. 이들 극장의 수용 인원은 2천 명 내외가 된다. 이들 공중극장 외에도 블랙프라이어스극장(1576) 등 사립극장도 문을 열었다. 극장은 매니저가 운영하고, 그 밑에 정규직 직원이 있었다.

청소년 수습생(10~13세)들이 이들 극장에서 7년간 배우 수련을 받고 있었다. 당시 여자 배우는 무대에 오르지 못했기 때문에 대신 변성 이전의 미소년이 여자 역할을 했다. 줄리엣, 레이디 맥베스, 데스데모나, 오필리어 등 여성 역할은 모두 소년들이 했다. 〈햄릿〉 2막 1장에서 '어린이 배우'와 '아가씨 배우들'이 언급되고 있는 이유가 된다. 유랑극단을 만난 햄릿은 소년 배우를 보고 이렇게 놀린다. "아가씨, 그전에 왔을 때보다 키가 컸네요." 소년 배우 중심의 극단도 있었다. 성가대에서 시작된 소년극단은 사랑을 주제로 한 연극을 전문으로 했다. 이 때문에 한때 소년극단이 성인극단보다 인기가 더 높았던 시절도 있었다. 1599년부터 1600년에 걸쳐서 활동한 차벨 로열극단과 세인트폴 소년극단이 그런 계열에 속한다.

약 열 명의 배우들이 극장의 주주가 되었다. 셰익스피어도 글로브극장의 주주였다. 이들 주주는 극장의 운영과 공연에 관해서 최종 결정을 했다. 그들은 극장의 문제도, 극장의 이익도 함께 나누었다. 배우는 이제 하층에서 중산층으로 사회적 계급이 상승했다. 1603년부터 1642년까지 극단은 왕실의 보호를 받으면서 공립극장의 대중 관객을 끌어들이고 확고한 지위를 다져나갔다.

부귀와 명성으로 대성한 셰익스피어는 〈햄릿〉, 〈리어 왕〉, 〈폭풍〉 등 명작으로 유명 극작가가 되었다. 그는 여왕 어전 공연에 참여하면서 젠트리의 신분을 얻고, 가문의 문장(紋章)도 제정했다. 엘리자베스 여왕은 런던시가 연극을 혐오하는 일에 반발해서 런던시의 공연 등록 업무를 왕실이 관장해서 극단을 후원했다. 그 전통을 이어받은 제임스 1세는 궁내 대신 극단을 여왕 별세 후 국왕극단(The King's Men)으로 개칭하고 단원들에게 연봉을 지급하며, 왕실 문장을 수놓은 보랏빛 의상과 모자를 착용케 하고, 셰익스피어에게 '그룸즈 오브 체임버스(Grooms of the Chambers)'라는 훈장을 수여했다.

극장에서 가장 바쁘고 중요한 일은 '북키퍼(book-keeper)'였다. 그는 공연 전반에 관여했다. 각본과 대본을 관장하고, 관청에 제출하는 공연 등록과 허가 업무를 맡았다. 대본의 수정 업무와 인쇄도 그의 업무였다. 그는 무대감독 일도 했다. 공연이 시작되면 그는 무대 지하에서 프롬프터 역할을 했다. 극단에는 열 명에서 스무 명의 배우가 있었다. 배우들에게는 각자 자신이 전문으로 하는 작중인물의 연기가 있었다. 극작가는 배우의 적성을 고려하며 대본을 썼다. 극단은 많은 레퍼토리를 보유하고 있어서 매일 작품을 바꾸면서 공연을 했다. 극단은 극작가를 주급으로 전속계약하는 경우와 작품을 매입하는 자유계약 두 가지 방법을 썼다. 극작가는 연습에 협조했다. 배우는 자신의 역할을 담은 대본을 들고 연습장 입구에 게시된 등퇴장과 전체 줄거리를 보고 연습에 참가했다.

셰익스피어 당시의 무대 구조에 관해서는 월터 호지스(C. Walter Hodges)의 저서 『전군등장—1576~1616년 셰익스피어 시대의 무대기법 그림의 연구』(1999)에 자세하게 설명되고 있다. 안마당으로 돌출한 무대를 세 방향으로 관객이 둘러싸고 있다. 무대 한가운데는 연기 공간이다. 그 공간 중간에 구멍을 설치해서 프롬프터가 잠복하거나 망령이나 악령들이 출몰하고, 오필리어 무덤이 되기도 했다. 무대 앞 양쪽으로 두 기둥이 서 있다. 무대 뒤에 포장으로 가로막은 분장과 도구 준비 공간이 있다. 그 양쪽에 배우들의 출입구가 있다. 출입문은 무대 도구가 나오고 들어갈 수 있을 만큼 넓다. 침대가 들락날락할 수 있을 정도였다. 양쪽 문 위에 성탑을 설치할 수 있었다. 2층 무대는 이 극장의 특징으로서 명장면이 수없이 전개된 공간이다. 〈로미오와 줄리엣〉의 발코니 장면으로 특히 유명했다. 3층은 악사들 좌석이다. 무대 계단으로 배우들이 오르고 내렸다. 이층에는 커튼이 쳐진 창문이 있었다. 2층 위, 뒤에는 천장에서 내려오는 요정들과 신의 강림을 보여주는 특수효과 기계 장치가 설치되어 있었다.

막(幕)도 장치도 없고, 조명도 없었다. 오후 2시, 반(半)야외극장에서 공연을 알리는 나팔 소리가 울렸다. 템스강 북쪽 사람들은 극장 옥상에 나부끼는 깃발을 보고 공연이 있음을 알았다. 1페니(예전에는 1/12실링, 1/240파운드. 1971년부터 1/100파운드) 내고 앞마당 입석 공간에 3등석 관객이 입장했다. 셰익스피어 시대 직공의 주급이 약 6실링이었다. 관객들은 마당에서 세 방향으로 무대를 둘러싸고 관람했다. 마당에는 온갖 부류의 서민들이 모여들었다. 옥내(屋內) 갤러리 귀빈석은 12펜스(템스강 도선료 6펜스가 입장료에 포함되었다는 말이 전해지고 있다)였는데, 귀족들과 엘리트들의 전용 좌석이었다. 때로는 여왕도 임석했다. 엘리자베스 시대의 의상은 공연의 중요한 볼거리였다. 의상으로 작중인물의 성격과 계급이 전달되었다. 의상 제작은 돈이 많이 드는 일이었다. 화려하고 고급스런 의상은 극단의 재산이었다. 셰익스피어극은 원칙적으로 엘리자베스 시대의 복장을 사용했기 때문에 시저도, 클레오파트라도, 줄리엣도, 햄릿도, 샤일록도, 오셀로도 각자 나라는 달랐지만 엘리자베스 시대 복장으로 통일했다.

희곡 창작은 하청 작업이었다. 극작가는 흥행사와 극단이 요청하는, 작품을 읽기 위한 책으로가 아니라 무대용으로 썼다. 배우들은 자신의 대사를 두루마리 대본에서 잘라내어 암기하고 연습에 임했다. 희곡을 쓰는 일은 좋은 수입원이었다. 당시 희곡 한 편은 5파운드에서 6파운드로 흥행주가 매입했다. 판권은 극단 소유였다. 극단이 소유한 인기 작품은 출판업자에 매도되어 출판되었다. 2절판 전집이 나오기 전에는 4절판과 8절판이 나왔다. 책값은 6펜스였다. 4절판 작품집에서 셰익스피어 이름이 적혀 있는 것은 9개 작품이다. 나머지 작품 중 셰익스피어 작품은 2절판 수록 여부로 결정되었다.
희곡의 수요는 엄청났고, 극작가의 수도 많았다. 셰익스피어는 시운을 타고났다. 여왕과 국민이 연극을 환호해서 고정 관객이 있었고, 이에 호응하는 극단과 극장이 있었으며, 장미전쟁 등 영국의 역사, 종교

셰익스피어와 종교 : 〈햄릿〉 격론

와 정치의 갈등 등 연극의 소재(역사, 신화, 전설, 소설, 희곡)는 넘쳐났다. 특히 헨리 8세로 시작된 3대에 걸친 전쟁과 왕권 쟁탈의 역사적 격랑은 연극에 막중한 영향을 미쳤다. 르네상스 시대의 인문주의는 그래머스쿨, 대학(옥스퍼드, 케임브리지), 법학원(The Inns of Court) 등을 통해 연극 중심의 문화 형성력을 키웠다.

토머스 키드(1558~1594), 크리스토퍼 말로(1564~1593), 존 릴리(1554~1606), 로버트 그린(1560~1592) 등 연극을 주도했던 선배 작가들이 일제히 물러나는 공백기에 셰익스피어가 들어선 것도 행운이었다.

셰익스피어의 작품으로는 〈두 사람의 귀공자〉, 〈에드워드 3세〉, 〈토머스 모어 경〉을 포함해서 40편이 인정되고 있다. 그중 일부는 합작품이다. 셰익스피어 희곡의 텍스트는 19편이 수록된 4절판 희곡집과 셰익스피어 사후 7년, 1623년에 극단 동료였던 존 헤밍스와 헨리 콘델이 편수(編修)한 2절판 전집 작품 36편에 의존하고 있다. 이 책에 있는 무대 출연자 명단 속에 셰익스피어 이름이 있다.

셰익스피어가 사용한 어휘는 약 3만 단어이다. 1611년 간행된 성서의 어휘는 6568개이다. 현대 영국인이 일상에서 사용하는 어휘는 1만에서 1만 5천이다. 지방의 그래머스쿨 출신 셰익스피어가 이토록 많은 어휘를 구사하는 일은 경이로운 일이 아닐 수 없다. 이 때문에, 셰익스피어는 누구인가라는 의문이 오랫동안 제기되었다. 여러 인물 가운데서 문필가 프랜시스 베이컨이 가장 유력한 인물로 지목되기도 했다.

3. 셰익스피어의 사상, 종교, 극작세계

셰익스피어가 살던 시대를 알려면 르네상스 시대의 종교와 철학을 알아야 한다. 그 사상 체계는 기독교 원리에 토대를 둔 인간 통치 시스템이었다. 세상만물은 '존재의 거대한 사슬' 속에 연결되고 있으며, '사슬'의 정상에 신이 있고, 그 바닥에 무생물이 있으며, 인간은 육체와 정신이 있기 때문에 그 중간에서 상하를 연결한다는 원리였다. 자연의 법칙은 신이 내린 것이며, 인간이 양심을 갖고 있는 것은 이 법칙을 알고 그 지침에 순종하고 있기 때문이었다.

엘리자베스 여왕 시대는 종교 열광 시대였다. 여왕 치세 동안 처형된 가톨릭 교도는 약 180명이었다. 이들의 죄상은 국가 전복을 음모한 반역죄였지만, 종교와 정치가 뒤엉킨 종교 탄압이었다. "한 나라에 두 종교가 허용되면, 국가의 안전을 도모할 수 없다"고 여왕 측근 윌리엄 세실은 강조했다. 로마 교황청으로부터 파문당한 엘리자베스 여왕은 반(反)가톨릭 국민감정을 부추기면서 국민의 공동체 의식을 창출하고자

셰익스피어와 종교 : 〈햄릿〉 격론

노력했다.

셰익스피어 집안은 가톨릭이었다. 가톨릭 선교사 토머스 코탬이 처형되었다. 그의 형 존 코탬(John Cottam)은 옥스퍼드대학 출신으로서 1579년부터 셰익스피어가 다닌 그래머스쿨의 교장이었다. 그는 동생의 처형으로 1581년 12월 학교 직을 물러났지만, 그의 주변에는 가톨릭교도들이 많았고, 이 때문에 셰익스피어는 자연스럽게 그들과 어울렸을 것이라고 추측할 수 있다. 더욱이 셰익스피어의 부친은 1592년 추밀원이 실시한 국교 기피자 명단에 올라 있다. 이로 인한 존의 교회 불출석 문제는 단순히 채무 관련 때문이 아니라는 생각을 하게 된다. 종교문제였다. 셰익스피어 집안은 가톨릭 인맥이었다.

코탬 교장이 셰익스피어를 학교 졸업 후 호턴 집안에 추천한 것도 이런 종교 관련이 주효했다고 본다. 셰익스피어는 가톨릭의 종교적 환경속에서 청소년 시절을 보냈음을 알 수 있다. 그러나 이런 사실이 셰익스피어가 가톨릭 신도였다는 증거는 되지 않는다. 그의 유아세례, 결혼, 장례 등의 의식은 모두 스트랫퍼드 교구 교회에서 소정의 수속을 받고 진행되었고, 단 한 번도 국교 기피자 명단에 오른 일이 없었다.

셰익스피어는 어린 시절 교구 목사와 그래머스쿨을 통해 종교 교육을 받으며 성장했다. 그는 매주 주일예배에 참석했을 것이다. 특히, 극작가로 활동하기 위해서는 종교 문제에 세심한 주의를 기울여야 되는 특별한 위치에 있었을 것이다. 작품의 검열을 받아야 하고, 귀족의 보호를 필요로 했던 그의 처지를 생각하면 보통 사람 이상으로 종교에 대해서 신중한 입장을 취하는 고충을 이해할 수 있다.

〈헨리 4세〉, 〈헨리 5세〉 등 사극과 〈베니스의 상인〉 등의 희극, 〈자에는 자로〉 등의 문제극, 그리고 〈리어 왕〉, 〈햄릿〉 등의 비극을 보면 이런 생각이 더욱더 절실해진다. 그의 모든 작품에 성서가 인용되고 있는데, 리치먼드 노블(Richmond Noble)은 셰익스피어 초기 작품은 『주교 성서』(1568년 초판)를, 그 이후 작품은 주로 『제네바 성서』(1557년 초판)를 사용하고 있다고 지적했다.

엘리자베스 여왕 시대에 인문학 교육과 문화예술은 놀라운 발전을 이룩했다. 유복한 가정마다 자녀 교육에 열을 올렸다. 정치와 종교 분야에서 자녀들이 성공하기 위해서는 교육이 필수였다. 15세기 후반, 윌리엄 캑스턴(WIlliam Caxton)이 도입한 인쇄기 덕분으로 르네상스 관련 책이 다량으로 출간되어 부자들만 사 보던 책이 일반 국민들에게도 보급되었다. 고전 작품이 번역되고, 유럽 현대작가들 작품이 널리 보급되었다. 그 가운데서 성서는 가장 많이 읽히는 책이었다.

신문은 18세기에 이르러 시작되었으니, 당시에 국내 소식과 정보가 전달되는 일은 느렸다. 그 대신 시사를 다룬 소책자나 발라드(ballads)가 유행했다. 도로망 부족은 정보 전달이 느린 이유였다. 큰 길에서 벗어나면 샛길인데, 그 길은 노상강도들이 판을 치고 있었다. 노상강도는 사형을 받는 중죄였지만 끊일 줄 모르고 발생했다. 로빈 후드 이야기도 이에 속한다.

끊임없는 해외 원정, 계속되는 국내 분쟁과 소란은 계속되었다. 죽음의 그림자는 항상 눈앞에 어른거렸다. 런던 거리에서 수시로 칼싸움이 벌어졌다. 이를 제압하는 런던 경찰은 있었지만 질서 유지에는 무력했다. 범죄자들은 거리에서 처형되었다. 시민들은 그 광경을 구경거리 삼

셰익스피어와 종교 : 〈햄릿〉 격론

아 지켜봤다. 마녀 화형에는 특히 대규모 군중이 몰렸다. 곰을 말뚝에 매달아놓고, 네 마리에서 여섯 마리 마스티프 맹견을 풀어 곰과 싸우게 하는 오락은 인기가 있었다. 얼마나 유명했으면, 〈맥베스〉, 〈헨리 6세 제3부〉, 〈윈저의 즐거운 아낙네들〉, 〈리어 왕〉, 〈십이야〉, 〈트로일러스와 크레시다〉, 〈겨울 이야기〉, 〈헨리 8세〉 등에 그 내용이 연달아 전해지고 있다. 곰 싸움 벌어지는 근처 공중극장에서는 대중들의 갈채를 받으면서 연극이 공연되었다. 〈베니스의 상인〉에서 여주인공 포셔가 유대인 고리대금업자 샤일록에게 자비심을 촉구하는 대사를 하면 관객들은 열광적인 박수를 보냈다. 런던 시민들과 해외 관광객들에게 연극은 색다른 체험이었다. 그들에게 극장은 놀이터요 학교였다.

런던은 정말이지 대립과 모순으로 점철된 도시였다. 셰익스피어 작품에는 이런 상반되는 두 세계, 영원의 세계와 번뇌의 세계, 초자연의 세계와 자연의 세계가 아름답고 슬픈 꿈으로 조화를 이룬다. 셰익스피어는 신비롭고, 종교적이다. 왜 그런가. 현실의 세계와 영원의 세계가 서로 꼬리를 물고 있기 때문이다. 세상 번민이 '절대'의 세계를 갈망하고 있기 때문이다. 셰익스피어 연출가 피터 브룩은 명쾌하게 말했다. "셰익스피어 연극에는 야성적인 것과 신성한 것이 서로 대립하고 있다. 모순이 격렬하게 서로 부딪치고 있다."

엘리자베스 여왕 치세 말기는 험난하고 복잡했다. 프랑스를 포함한 대륙의 지배력은 약화되었다. 웨일스는 그나마 통치되고 있었다. 1580년대에 시작된 미국 버지니아 식민은 시작 단계였다. 스코틀랜드는 남의 나라였고, 1707년에 비로소 합병되었다. 1597년부터 1601년 사이 오닐과 타이론이 주도한 아일랜드 반란은 극심했다. 셰익스피어가 살았던 시대의 유럽은 전쟁으로 혼란스러웠다. 영국은 국제적으로 고립된 가운데, 될수록 전쟁에 휘말려들지 않으려고 했다. 그러나 어쩔 수 없이 스페인, 네덜란드, 아일랜드 여러 나라와 전쟁을 하게 되었다.

영국은 농업국이다. 농사가 망가지면 경제가 악화되고, 생활고로 국민의 불만이 쌓인다. 1586년, 1591년, 1596년에 민생고로 농민반란이 일어나고, 켄트(Kent) 지방에서는 열세 번 군중들의 소요 사태가 발생했다. 엘리자베스 여왕 시대 영국 경제는 모직물 수출에 크게 의존하고 있었다. 스페인과의 관계가 최악이었던 1560년대부터 수출의 대동맥이던 네덜란드와의 무역이 스페인의 방해로 어려워지고 경제는 타격을 받게 되었다. 더욱이나 네덜란드 반란이 격화되면서 해상 봉쇄가 시작되어 모직물 수출의 길이 막혔다. 이 때문에 영국은 1960년대 후반부터 수출거점을 독일의 함부르크 등지로 이동했다. 이 기회에 경제 회생을 위해 영국은 독일로부터 탄광 기술과 동(銅) 제조 기술을 도입해서 화약제조, 인쇄술, 제지기술, 철광제조, 군수산업 등에 전력을 기울였다. 이탈리아 베네치아에서 유리제조업을 도입하고, 프랑스의 노르망디에서 직조 기술을 들여와서 신산업 발전을 도모했다. 미국, 동유럽, 동양과의 교역에도 힘썼다. 엘리자베스 여왕 시대에 이룩된 이 같은 경제 기반은 200년 후, 세계 역사의 기념탑이 되었던 산업혁명의 전조가 되었다.

그러나 빈부격차가 문제였다. 셰익스피어가 활동을 시작했던 1580년대와 1590년대의 런던은 최악의 상태였다. 과세는 갈수록 부담이 되고, 물가는 폭등했다. 실직 인구는 늘어나고, 범죄는 증가했다. 에식스 백

셰익스피어와 종교 : 〈햄릿〉 격론

작의 죽음으로 궁정은 활기를 잃었다. 그의 죽음으로 여왕도 침울한 상태에 빠져들었다. 그의 처형은 국민을 불안하게 만들었다. 이들의 투옥과 처단은 셰익스피어에게 막대한 충격을 주었다. "사느냐 죽느냐"라는 햄릿의 자살 충동은 셰익스피어 비극의 핵심 주제가 되었다. 셰익스피어는 동요하고 있었다. 셰익스피어의 비극시대가 시작되는 징조였다.

4. 셰익스피어 작품의 독창성과 천재성

월리엄은 연극을 보고 탄성을 질렀다. 1568년, 아버지 존 셰익스피어는 한때 스트랫퍼드의 지방행정관이었는데, 후에 그의 친구 애드리안 퀴니(Adrian Quiney)가 시장일 때 레스터 백작 극단이 스트랫퍼드에서 공연을 했다. 당시 9세였던 월리엄은 아버지와 함께 이 공연을 봤다. 이때 무대에서 주연을 맡은 배우가 제임스 버비지이고, 그의 아들이 훗날 월리엄과 절친했던 리처드 버비지였다.

1580년대, 이곳을 방문했던 여왕 극단의 배우 월리엄 닐(William Knell)이 목에 자상을 입고 무대에 설 수 없어서 급작스럽게 스트랫퍼드에서 젊은이 한 사람 구해서 그 자리를 메꾸고 런던으로 출발했다. 그 젊은이가 월리엄 셰익스피어였다고 전해지고 있다. 당시, 월리엄은 23세였다. 1587년의 일이었고, 이후 그는 1989년까지 여왕 극단 무대에서 연기를 하면서 극작가의 길을 다지고 있었다. 당시 런던은 극작가 크리스토퍼 말로의 세상이었다. 셰익스피어는 말로의 비극과 존 릴리(Lyly)의 희극작품을 탐독하며 극작술을 연마했을 것이다. 셰익스피어가 신진극작가로 명성을 떨치고 있다는 증거는 1592년 극작가 그린이 "벼락출세한 까마귀"라고 그를 비난하는 글에서 확인할 수 있다.

셰익스피어의 재능과 독창성은 보통 수준을 넘는다. 그의 천재적 기량을 찬탄하지 않을 수 없다. 그의 창조적 상상력은 넓고 깊다. 우선 언어를 보자. 1만 5천 개 이상 다른 어휘가 구사되고 있고, 시(詩)로 된 대사는 줄줄이 금빛 명언으로 반짝인다. 작중인물들은 어떤가. 햄릿, 클레오파트라, 로미오와 줄리엣, 폴스타프, 오셀로, 리어 왕, 코델리아, 포셔 등 다양한 성격의, 다양한 국적의, 다양한 운명의 인간들 군상이 뇌리에 박혀서 떠나지 않는다. 이 모든 것이 셰익스피어의 천재성을 입증하고 있다.

수사학(修辭學) 수련의 시작은 학교였을 것이다. 그의 광범위한 독서였을 것이다. 그의 환경과 문화적 전통의 계승일 것이다. 그러나, 그의 독창성을 무엇으로 설명할 수 있을 것인가. '수백만 개의 마음'을 지닌 셰익스피어의 본질은 어떤 방법으로도 정의를 내릴 수 없다. 그래서 거인이요, 초인간인 그에게 '천재'라는 이름을 준다. 그리스 시대 이래로 위대한 작품에 대해서 얻은 우리들의 일반적인 해답은 조너선 베이트가 지적한 대로 다음과 같다.

① 위대한 작품은 자연에 충실하다.
② 위대한 작품은 우리들 마음에 강렬한 정서를 일으킨다.
③ 위대한 작품은 현명하다. 우리로 하여금 사색을 하게 만든다.
④ 위대한 작품은 양식적 아름다움이 있다.

⑤ 위대한 작품의 위대성은 과거 인정된 세계적인 작품의 가치에
   따라 평가되고 판단된다.

셰익스피어의 작품이 고전작품의 미적 기준에 어느 정도 부합되는지
조너선 베이트의 설명을 들어보자.

① 고대로부터 현대에 이르기까지 모두가 동의하고 있는 것은 셰익
   스피어 작품은 자연에 충실하다는 것이다. 자연에 충실하다는 의
   미는 무엇인가. 고결하고 저속한 것, 비극과 희극을 결합시킨다는
   뜻이다. "자연의 시인" 셰익스피어는 넓은 의미에서 자연은 세상
   사 모두를 내포하지만, 좁은 의미에서는 도시의 반대를 의미했다.
   〈로미오와 줄리엣〉은 사랑의 체험에 충실하다. 〈오셀로〉는 질투의
   체험에 충실하다. 〈맥베스〉는 야망의 충동에 충실하다. 〈햄릿〉은
   마음을 행동으로 옮기는 일의 어려움에 충실하다.
② 고대로부터 현대에 이르기까지, 그의 작품은 독자와 관객들에게
   강렬한 정서적 반응을 일으켰다. 여러 세대에 걸쳐서 남녀들은 〈리
   어 왕〉 종말 장면에서 감정이 소진되었다. 〈십이야〉와 〈당신이 좋
   으실 대로〉에서 그럴 수 없이 행복했다. 〈오셀로〉의 데스데모나의
   버드나무 노래로 연민의 정에 사로잡히고, 〈겨울 이야기〉 허미온
   의 움직이는 동상을 보고 신기한 감정에 휩싸였다.
③ 도덕적이며 정치적인 교훈은 그의 작품에서 많은 실례를 찾을 수
   있다. 예컨대 〈코리올레이너스〉는 전시(戰時)에 필요한 것은 평화
   시에 필요하지 않다는 것을 말하고 있다. 〈베니스의 상인〉과 〈자

에는 자로〉는 자비와 정의의 갈등을 보여주고 있다. 이 같은 '문제'는 셰익스피어가 찾아낸 원천적인 소재에서 유래하고 있다. 그는 도덕과 교훈을 설득하는 철학자가 아니다. 그는 세상 일을 극화하고 있을 뿐이다. 만약에 그의 작품에서 '도덕'이 얻어지면, 그것은 작품의 우수성에서 비롯된 것이다. 극적인 위상은 그와 상반되는 위상으로 표현되고 있기 때문에 단순히 의견의 제시라기보다 더욱더 가치 있는 내용으로 우리의 관심을 끈다. 셰익스피어의 영감은 신의 경지요, 그리스도가 그 원천이라고 해석되는데 그의 작품 〈폭풍〉에서 들리는 대기 중의 음악은 천사의 출현과 균형을 이루고 있으니 놀라운 일이다.

④ 이 항목은 어렵다. 양식적 미에 관한 서구의 기준은 고대 그리스에서 개진된 바 있다. 파르테논 신전은 균형미, 명료함, 그리고 디자인의 이법(理法) 때문에 아름답다. 같은 이치로 소포클레스의 드라마는 아름답다. 코러스의 노래와 다이얼로그의 발성, 절제된 언사(言辭), 그리고 시의 형식 때문에 아름답다. 비극 목적의 단순성, 극적 논의의 명확한 줄거리(특이하게도, 무대에는 항상 두 배우만이 서로 상반되는 가치와 행동으로 맞서고 있다). 이런 양식적인 아름다움은 셰익스피어의 연극이 아니다. 셰익스피어의 연극은 느슨한 에피소드 장면의 형식, 다층적 플롯, 비극에서 희극으로 어지럽게 오가는 드라마의 흐름, 잡다한 인물의 혼성, 풍성한 언어와 대사 말투, 뒤범벅된 시와 산문으로 이루어져 있다.

⑤ 이 항목은 ④의 입장을 바꿔서 말하는 경우가 된다. 만약에 우리가 소포클레스의 기준에 맞춰 셰익스피어를 판단한다면, 셰익스

피어는 곤두박질 패배한다.

셰익스피어는 정해진 형식이 없는 예술가였다. 이런 문학의 움직임은 지극히 막가는 난동에 가까운 것이었지만 그런 창조력으로 그는 서양문학의 방향을 바꿔놓았다. 이 때문에 그는 천재의 칭호를 받을 만했다. 천재는 개인적 특성과 토머스 맥팔런드(Thomas McFarland)가 언급한 "복제할 수 없는" 그 무엇을 갖고 있다. 조너선 베이트는 셰익스피어의 창조적 영감은 한 줄기가 아니라 여러 갈래로 샘솟는 것으로서 그가 받은 교육, 그의 문학 선배들, 그가 속한 극단의 배우들, 관객들의 영향에서 오는 것이라고 지적하고 있다. 그랜빌바커(Harley Granville-Barker)는 『햄릿 서론』에서 셰익스피어를 "워크숍의 천재"라고 말했다. 셰익스피어는 극장 현장에서 연극의 비결을 체득했다는 것이다.

제3장

〈햄릿〉은 어떤 작품인가?

1. 주제, 플롯, 인물
— 사건의 발단 (1막)

1막 첫 장면은 덴마크 엘시노(Elsinore) 고성이다. 엘시노는 덴마크어로 헬싱외르(Helsinger)라고 한다. 수도 코펜하겐 북부 45킬로미터 지점에 자리 잡고 있다. 헬싱외르에서 바라보면 바다 건너 스웨덴 도시의 지붕과 불빛이 보인다. 덴마크는 지형상 세 부분으로 이루어졌다. 유틀란드(Jutland) 반도, 핀(Fyn) 섬, 셸란(Sjaelland) 섬이다. 유틀란드는 독일 영토와 연결된다.

헬싱외르의 좁은 해로는 발트해와 북해로 연결되며 대서양으로 가는 유일한 해로라서 헬싱외르 항구는 무역과 군사의 요충지가 되었다. 해협을 가로막은 헬싱외르 항구도시는 통행세를 징수해서 막대한 수입을 올리며 번창했다. 헬싱보리 항구에서 남쪽으로 5킬로미터 지점에 자리하고 있는 헬싱외르는 햄릿의 궁전 크론보르성이 있는 명승지다. 크론보르(Kronborg)의 '크론'은 왕관을 뜻한다. '보르'는 성을 의미한다. 크론보르성은 수도 코펜하겐에서 전차로 1시간 거리에 있다. 덴마크와 스웨덴 사이 협곡을 방위하고, 통행세를 징수하기 위해 1420년에 축성했다. 1574년, 프레드릭 2세가 이 성을 대규모로 개축했다. 호수로 감싸고, 성곽을 세운 르네상스 시대 고딕식 건축으로 재탄생했다. 1629년 화재로 크게 파손되어 크리스티안 4세가 바로크식으로 다시 건축했다. 17세기 말, 크리스티안 5세는 대포를 설치하기 위해서 대규모의 능보(稜堡)를 구축했다.

1923년, 크론보르성은 역사적 문화재로 지정되어 대대적인 보수작업을 진행했다. 셰익스피어 작품 〈햄릿〉으로 널리 알려진 후, 이곳은 국제적인 관광명소가 되었다. 성내에는 셰익스피어 조각상이 있고, 명판에는 〈햄릿〉 스토리의 유래가 새겨져 있다. 셰익스피어는 이 성을 방문한 적이 없다. 바다를 내려다보는 성곽은 햄릿이 자살을 기도하기 위해 독백을 하던 작품 속의 장면을 연상케 해준다. 성내 회랑이 햄릿과 오필리어의 밀회 장소로 기억되는 일도 작품 때문이다. 유럽의 중세 봉건국가는 성의 나라였다. 농토를 경작하는 주민과 전사들을 보호하는 유럽의 성들은 군사적인 시설로서, 성곽도시로, 국왕의 통치와 거주의 목적으로 사용되었다. 크론보르성도 그 예외는 아니었다.

〈햄릿〉 이야기는 원래 유틀란드 반도에서 옛날에 일어난 사건이다. 셰익스피어와 그 이전의 작가들이 왜 〈햄릿〉 연극의 자리를 엘시노에 정했는지 알 수 없지만, 당시 엘시노 크론보르성이 덴마크 해협을 장악한 것이 한 가지 이유가 되었을 것이다. 해상무역의 요지를 장악한 덴마크는 군사적으로 막강했다. 현재의 스웨덴 남안도 당시는 덴마크 영토였다. 덴마크 왕은 발트해를 지배했고, 엘시노는 덴마크 왕의 권세를 상징하기 때문에 햄릿 왕자의 비극 무대로는 적절한 장소가 되었다.

덴마크에 사람이 살기 시작한 것은 기원전 12500년 무렵이다. 기원전 500년에서 서기 1년에 걸쳐 로마와 접촉한 기록이 남아 있고, 서기 1년부터 400년 사이 로마는 덴마크와 교역을 시작했다. 서기 8세기에서 10세기 중세에 덴마크인은 바이킹족으로 알려졌다. 이들은 유럽 곳곳을 공략했다. 덴마크 바이킹이 가장 많은 활동을 한 곳이 영국이다.

그들은 1013년경 영국을 정복하고 그곳에 정착했다. 덴마크의 근대는 1536년부터 1849년 사이이다. 〈햄릿〉에 나오는 덴마크와 영국의 관계는 덴마크가 영국을 지배하고 있었던 시대인 것처럼 보인다.

햄릿은 유학을 갔던 독일의 비텐베르크에서 부왕의 장례식에 참례하려고 고국에 돌아왔다. 장례식이 끝나고 모친의 결혼식에도 참석했다. 햄릿 말대로 "장례식용 고기 요리가 싸늘히 식기 전에 다시 결혼식 식탁에 오르는" 일정이었다. 비텐베르크의 공식 명칭은 루터스타트 비텐베르크(Lutherstadt Wittenberg)이다. 독일 작센 지방, 엘베강 유역에 자리 잡고 있는 도시 이름이다. 원래 작센-비텐베르크 공작의 소유지였다가(1180~1296) 삭소니 왕국(1806~1815) 시대에 독일 제국에 병합되었고, 1933년 나치 독일에 이어 동독을 거쳐 현재 독일 영토이다. 비텐베르크는 마르틴 루터(Martin Luther)의 종교개혁 발상지로 유명하다. 15세기에는 무역, 정치, 문화의 중심지였다. 1502년 비텐베르크대학교가 창설되었다. 신학 교수 마르틴 루터, 그리스 문학의 권위자 필립 멜랑히톤(Philipp Melanchthon) 등 유명한 사상가의 온상지로 명성을 떨쳤다. 이곳은 햄릿이 유학 간 대학이다.

〈햄릿〉 1막. 한밤중이다. 매서운 추위 속에서 보초병이 성벽을 오가고 있다. 보초병은 공포에 떨고 있다. 이틀 연속 엘시노성에 망령이 나타났기 때문이다. 셋째 날, 이 소식을 접한 햄릿 친구 호레이쇼가 성벽에 왔다. 망령은 다시 나타났지만 호레이쇼에게 입을 열지 않고 화를 내면서 사라졌다. 왜 그랬을까? 1850년, 칼 로르바흐(Carl Rohrbach)는 호레이쇼가 망령의 정체를 의심했기 때문이라고 주장했다. 호레이쇼는 "너에게 명한다, 대답하라"고 말했는데, "by heaven"이라고 신에게 기원하는 용어를 썼기 때문이라고 말했다. 망령은 군장(軍裝)을 하고 있었다. 선왕의 모습이었다.

망령이 다시 나타났다. 이번에는 '닭 울음소리'에 놀라서 사라졌다. 망령은 신의 기원이나 상징물, 닭 울음소리에 민감하다. 망령은 낮에 다닐 수 없다. 마셀러스는 "그리스도 탄생을 축하하는 때가 오면, 새벽을 알리는 새가 밤새도록 울어댄다"고 기독교를 언급했다. 기독교에서 닭의 울음소리는 자비의 소리요, 악을 물리치는 노래로 해석되고 있다. 마셀러스는 망령을 악령 계열이라고 간주한다. 셰익스피어는 햄릿의 망령을 이교도의 악령으로 다루지 않았다. 기독교의 관념에서 햄릿의 망령을 '하늘(Heaven)'의 이름으로 존중했다. 셰익스피어는 엘리자베스 시대 관객들에게 종래 망령을 악령으로만 다뤘던 관행을 깨고 선악 양면에서 기독교의 교리로 판단하도록 했다. 마셀러스의 대사는 이를 입증하고 있다. 신교든 구교든 간에 교회는 "육체를 벗어난 영혼은 지상으로 다시 돌아올 수 없다"고 단정했다. 망령이 지상으로 돌아온 희곡 작품은 엘리자베스 시대에 〈햄릿〉이 유일했다. 호레이쇼가 처음 인식했던 것처럼 망령은 '환영(幻影)'이거나 '천사'나 '악마'일 수도 있었다. 아니면, 고인이 된 영혼일 수도 있었다. 어떤 경우이든 셰익스피어는 이 일이 신의(神意)의 개입이 아니면 불가능하다고 믿었다. "영혼은 자신의 의지와 힘만으로는 안 되고 하느님이 허락해야만 지상에 올 수 있다"는 것이다.

그것은 기적 같은 일이다. 「고린도전서」 11장 14절에 "사탄은 빛의 천사를 위장한다"고 되어 있어서 당대 문학작품은 이를 반영하고 있다. 관객들은 이런 가르침을 받아들이면서 초자연적인 존재의 출연에 대해서 의심하고 경계하는 태도를 보여주었다. 「요한 1서」 4장 1절에는 "사랑하는 자들아, 영을 다 믿지 말고 오직 영들이 하느님 편인지 분별하라. 거짓 선지자가 세상에 나왔음이라"라고 전하고 있다. 망령에 대한 선악의 판단은 망령의 행동과 언어, 몸짓, 그리고 표정으로 판단되었다. 언어가 겸손한가, 과거에 저지른 죄에 대해서 개탄하며 참회하고 있는가, 눈물을 흘리며 슬퍼하는가? 아니면, 화를 내며, 거만을 떨고, 협박을 하며, 저주를 퍼붓고 있는가? 이런 두 가지 측면이 망령의 선악을 판단하는 이유가 되었다.

망령은 단순히 '환영'만이 아니었다. 망령은 덴마크가 내부적으로 부패했다고 암시했다. 호레이쇼는 망령의 출현은 국난의 징조라고 믿었다. 실제로, 덴마크는 위기에 처해 있었다. 노르웨이 왕자 포틴브라스가 군사를 일으켜 덴마크에 빼앗긴 국토를 회복하려고 진격하고 있었다. 덴마크는 노르웨이 왕을 알현해서 화친을 전할 외교 사절을 보냈다.

망령이 서성대는 성벽은 어둡고, 음산하고, 긴장감이 감돌고 있다. 불빛이 훤한 성안에서는 클로디어스 왕이 예포를 쏘아가며 연회를 베풀고 있다. 자신의 즉위를 기념하고, 거트루드와의 결혼을 축하하는 자리였다. 이 자리에 검은 상복을 걸치고 햄릿 왕자는 침통한 표정으로 구석자리에 웅크리고 있다. 왕과 왕비는 햄릿에게 부왕에 대한 상심(喪心)을 거두라고 타이른다. 왕자는 어머니의 성급한 결혼을 개탄하고 있다. 이런 상황에 호레이쇼의 망령 소식을 듣고 햄릿은 급히 성탑으로 향했다.

국내 대신 폴로니어스 댁이 다음 장면에 나오는데 이런 병치(竝置)는 비교와 대조의 기법인 셰익스피어 특유의 이중 플롯이라 할 수 있다. 파리 유학 중인 국내 대신의 아들 레어티즈는 신왕의 대관식을 위해 귀국했다. 그는 여동생 오필리어를 만나서 햄릿 왕자와의 교제를 삼가라고 충고한다. 왕자는 오필리어의 상대가 될 수 없다는 주장이다. 이윽고 폴로니어스가 나타나서 레어티즈에게 파리 생활에서 조심해야 되는 교훈을 전달한다. 레어티즈는 이들과 작별하고 유학의 길을 다시 떠났다.

성탑에 다시 망령이 나타났다. 망령은 자신의 억울한 죽음을 햄릿에게 알리면서 복수할 것을 명령한다. 왕자는 살인자가 누구인가 알려달라고 묻는다. 그 악랄한 살인자가 선왕이 정원에 잠들고 있을 때, 귀에다 독약을 부어 자신을 살해하고 왕위를 탈취한 클로디어스인 것을 알렸을 때 햄릿은 기절하듯 놀라고 분개했다. 망령은 햄릿에게 복수를 하되 몇 가지 조건을 붙였다. 덴마크 왕실이 간통의 침소가 되지 않도록 나라의 타락을 막아야 한다. 복수를 하되 자신의 마음을 더럽히지 마라. 거트루드에게 위해를 끼쳐서는 안 된다. 햄릿 왕자는 부왕의 망령에 복종해서 복수의 시기를 노렸지만 내부와 외부의 여러 장해 때문에 계속 그 과업은 지연되었다.

외부적 요인은 첫째, 복수 행위 자체가 해결하기 어려운 조건부였다
는 것이다. 둘째, 왕은 유능한 스위스 호위병으로 호위되고 있었다. 그
를 살해하려면 국민적인 공감대가 형성되어야 했다. 셋째, 왕을 지옥
으로 보내려면 그가 악행을 저지르고 있는 기회를 포착해야 하는데 그
시기를 포착하기 힘들다. 넷째, 극중극 장면 이후 폴로니어스를 살해
한 사건으로 왕의 경계심이 높아지고, 햄릿은 영국으로 추방되어 쫓기
는 신세가 되었다. 내부적 요인은 무엇인가. 첫째, 햄릿은 심성이 허약
해서 감상적이며, 매사에 비관적인 우울증 탓으로 과감한 행동을 할 수
있는 정신 상태가 아니었다. 둘째, 햄릿은 행동하는 적극적 성품이 아
니라 사색에 골몰하는 지성인이었다. 그는 지나치게 앞뒤를 가리는 소
심한 성격의 인물이었다. 셋째, 모친 거트루드의 성급한 근친간의 결
혼, 숙부의 잔혹한 살인, 오필리어의 배신 등의 사건이 그를 인간혐오
의 비관적인 세계관을 갖게 만들고 더욱더 내성적인 인물이 되게 했다.
이미 지적한 내외부적인 복수 지연의 요인이 있음에도 햄릿은 복수를
할 수 있는 행동력이 있음을 알리는 다음 사례가 있다.

1. 햄릿은 방장에 숨은 인물이 클로디어스인 줄 알고 주저 없이 살
   해했는데 알고 보니 폴로니어스였다.
2. 햄릿은 친구 길든스턴과 로젠크랜츠가 자신을 죽이려는 밀사인
   것을 알고 즉시 처단했다.
3. 햄릿은 자신의 적수인 줄 알면 주저 없이 대적하고 야유와 비난
   을 퍼부었다. 오필리어의 경우도 그중 한가지 예가 된다.
4. 햄릿은 내실 장면에서 모친에게 격렬한 비난과 공세를 취했기 때

문에 거트루드는 자신이 살해당하는 줄 알고 구원을 요청했다.

5. 햄릿의 극중극 장면은 그의 용의주도한 행동력을 입증했다.
6. 영국으로 가는 항해 도중에 발생한 해적선과의 전투 장면에서 보여준 햄릿의 행동은 과감했다.
7. 오필리어 매장 묘지에서 햄릿이 보여준 레어티즈와의 혈투 장면과 5막 결투 장면은 용감했다.
8. 한밤중, 성탑에서 망령을 만나는 햄릿은 용감했다.

이상 여러 상황을 보면 햄릿은 행동력이 있는데 복수 지연은 어찌된 일인지 묻지 않을 수 없다. 나는 이 문제에 관해서 엘리너 프로서(Eleanor Prosser)가 그의 저서 『햄릿과 복수』(1971)에서 해명한 답변에서 해답을 얻고 있다. 사적(私的)인 복수 문제로 햄릿은 종교와 도덕률 간의 극심한 갈등 때문에 복수가 지연되었다는 것이다. 릴리 캠벨(Lily Bess Campbell)은 『엘리자베스 시대 영국의 복수 이론』(1931)에서, 윌라드 파넘(Willard Farnham)은 『엘리자베스 시대 비극작품의 중세 유산』(1936)에서, 프레드슨 바우어스(Fredson Bowers)는 「엘리자베스 시대의 복수비극, 1587~1642」(Princeton, N.J., 1940) 등 여러 논문에서 "엘리자베스 시대 전통은 사적 복수를 금지했다"고 주장했다. 그러나 동시에 로이 워커(Roy Walker)는 『시대는 매듭이 풀렸다』(1948)에서, 해럴드 고다드(Harold Goddard)는 『셰익스피어의 의미』(1951)에서, 엘리엇(G.R. Elliott)은 『응징과 대행』(1951)에서, 그리고 폴 시겔(Paul N. Siegel)은 「셰익스피어 비극과 엘리자베스 시대의 타협」(1597)에서, 어빙 리브너(Irving Ribner)는 「셰익스피어 비극의 패턴」(1960)에서, 존 비비안(John Vyvyan)은 「셰익스피어의 윤리」(1950) 등 논문에서 "엘리자베스 시대 사람들은 부친에 대한 사적 복수를 도덕적으로 용납할 수 있다"고 주장했다.

엘리자베스 시대 사람들이 관청의 지시에 따라 교리에 순응하는 인생을 살고 있었는데 일반 대중 간에 크게 유행하며 인기를 끌고 있는 복수극 무대의 전성기 현상을 어떻게 설명할 수 있을지 의문이 제기된다. 관청은 이런 불복종이 사회적 혼란의 원인이 되며, 가정의 불화, 정치적 갈등으로 변질된다고 믿었다. 사사로운 복수는 모두 하느님에게 맡겨두라는 것이다. 복수는 인간의 영혼을 위태롭게 하며, 복수 동기가 아무리 정의롭다 하더라도 복수 행위 그 자체는 악행이요 신의 계율에 어긋나서 결국은 복수가 정의를 불가능하게 만들고, 복수 행위자는 하느님의 용서를 받을 수 없게 된다는 것이다. 이런 주장은 논리정연하고 당당했다. 셰익스피어도 이런 주장에 등을 돌릴 수 없었다. 그는 사적(私的) 복수와 교리 간의 갈등 심리를 햄릿 성격 속에 촘촘히 심어놓았다. 중세를 지나 르네상스 시대 열풍에 휘말린 런던 시민들은 이런 시대적 고민으로 중압감을 몹시 느끼고 있었다. 「전도서」 3장 16~17절은 복수에 관한 종교적 신앙의 근거를 제시하고 있다.

나는 보았다. 심판하는 자리에도, 정의를 행하는 자리에도 악이 있다는 것을.
나는 마음속으로 읊었다. 정의를 행하는 자도, 악인도 신이 심판한다는 것을.

악인은 신의 심판을 받는다고 믿었다. 복수는 신의 모독이요, 부도덕이며, 자연에 역행하고, 몸과 마음에 해롭다고 믿었다. 그래서 신의 개입과 응징을 기다리는 인내심이 필요했다. 원수로부터 숱한 고난을 겪으면서도 모든 것은 '신의 섭리'임을 알아야 했다. 악의 근원은 자기 자신이었다. 모진 환난도 신의 선물이었다. 이런 풍조에 동조한 것이 셰익스피어와 동시대 극작가들이었다. 포셔의 '자비 연설'이나, 햄릿의 '신의 섭리'도 이런 관점에서 해석해야 한다. 교회와 국가는 교직자와 사상가들을 통해 신의 자비를 역설했다. 하지만, 셰익스피어 학자들 — 엘리너 프로서, 바우어스, 헤이든(Hiram Haydn), 왓슨(Curtis Watson) 등은 종교적 심판에 대한 신의 권능을 당대 관객들이 무시하며 살았다고 주장했다(Bowers, *Elizabethan Revenge Tragedy* 참조). 사적인 복수는 종교적인 죄악의 문제가 아니라 개인적 덕성과 명예에 관련된 일이라는 것이다.

〈햄릿〉의 무대는 덴마크인데 셰익스피어는 영국을 상정(想定)하고 작품을 썼다. 그의 관객은 엘리자베스 여왕 시대 사람들이기에 그들 심기에 벗어나지 않도록 조심했다. 극작가는 관객과 호흡을 맞추며 울고 웃는다. "연극은 시대를 비추는 거울"이라고 셰익스피어는 말했다. 햄릿은 사실상 영국의 왕자요, 엘시노 궁성은 사실상 영국의 튜더 왕실이다. 영국의 법에 의하면, 햄릿은 왕권을 승계해야 한다. 그런데, 클로디어스는 찬탈자였다. 이런 사정이 〈햄릿〉 플롯의 뼈대가 된다. 셰익스피어 관객은 이 모든 사정을 알면서 객석에 앉아 있다. 왕권은 영국 사회와 정치의 중심이었다. 왕권의 올바른 계승은 건강한 나라의 외모(外貌)요 질서였다. 그렇지 못한 햄릿의 덴마크는 병든 나라였다.

1막 2장, 나팔 소리에 휘황찬란한 불빛을 받으며 왕과 왕비, 폴로니

셰익스피어와 종교 : 〈햄릿〉 격론

어스, 궁신들, 레어티즈 등이 등장하고 신왕 즉위 경축연이 벌어지고 있는 가운데 햄릿은 홀로 검은 상복에 몸을 감고 움츠리고 있다. 관객 눈에 유독 햄릿 모습이 눈에 시리다. 이런 대조적인 장면의 표현은 셰익스피어의 정교한 극작술이 거둔 효과이다. 관객들이여, 독자들이여, 햄릿 속으로 오라. 햄릿과 한마음, 한몸이 되라는 셰익스피어의 호소는 이것으로 충분했다. 관객은 햄릿의 슬픔과 함께 있다.

햄릿이 다짐한 복수는 내적이며, 외적인 장해로 지연된다. 햄릿은 자신의 가정비극을 공개하고 싶지 않았다. 망령의 보고도 친구들에게 입 다물고 있으라고 강요했다. 가정사의 폭로는 신사 귀족들 생활규범에 어긋나는 일이었다. 햄릿을 괴롭힌 것은 망령에 대한 의심이었다. 앞으로 펼쳐질 극중극은 이 문제를 해결하는 수단이 되었다. "매듭이 풀린" 나라의 혼란을 정상으로 바로잡는 어려운 과제도 있었다. 햄릿은 울부짖었다.

세상이 혼란해졌어. 아, 저주받은 운명이여, 세상을 바로잡기 위하여 내가 태어나다니. (1.5.189-190)

2. 오필리어, 폴로니어스, 레어티즈
— 이중 플롯(2막)

2막은 1막에서 두 달이 지난 시점에서 시작된다. 햄릿은 복수를 거듭 맹세하고 있지만 그동안 아무런 행동도 하지 않았다. 왕자는 세상을 비관하며 울적한 나날을 보내며 하염없는 사색에 빠져 있었다. 걷잡을 수 없이 일어나는 사건으로 정신없이 세월이 지나갔다. 햄릿은 복수의 기회를 기다리고 있었지만 기회가 오지 않았다. 셰익스피어 시대 관객은 1막과 2막 사이에 아무런 시간 차를 느끼지 못했다. 2막 1장 폴로니어스-레날도 장면은 햄릿이 퇴장하고 2장에서 오필리어를 만나는 예비적 단계가 된다. 1장에서 오필리어가 폴로니어스에게 햄릿의 난잡해진 용모를 알리고 있는데, 이는 햄릿이 첫 행동을 시작했다는 정보가 된다.

햄릿은 모든 인간관계를 단절하고 과거의 자신으로부터 벗어나고 있다. 왕자를 사랑했던 오필리어는 햄릿의 변신에 놀라고 슬퍼하면서 햄릿이 미쳐버렸다고 생각했다. 오필리어는 자신이 햄릿을 깊이 사랑하면서도 아버지 말에 순종하는 효녀이다. 폴로니어스는 햄릿의 본심을 알아내는 수단으로 딸을 이용하고 있다. 오필리어는 햄릿, 폴로니어스, 그리고 레어티즈 사이에서 길을 잃고 헤매고 있다. 브래들리(A.C. Brad-ley)는 그의 『셰익스피어 비극론』에서 햄릿의 첫 독백과 둘째 독백에서 오필리어의 존재가 실종된 이유를 묻고 있다.

2막 2장에서 책을 읽고 있는 햄릿의 모습은 관객이 들었던 상황과는 다르다. 햄릿 광란의 소식은 폴로니어스를 통해 왕실에 전달되고 있다. 왕실에서는 그 원인을 알려고 혈안이 되어 있다. 햄릿의 친구인 로젠크랜츠와 길든스턴을 왕궁에 불러들인 일도 그 원인을 알기 위해서다. 폴로니어스는 햄릿의 광기가 자신의 딸 오필리어 때문이라고 왕에게 일러바친다. "사랑의 고배를 마시고 정신착란"에 빠졌다고 했다. 오필리어는 부친에게 햄릿이 "웃옷을 풀어헤치고 모자를 벗어버린 채 더러운 양말은 대님도 없이 얼굴은 창백"한 모습이었다고 말했다. 이윽고 폴로니어스 면전에 나타나서 대화를 나누는 햄릿은 이성을 잃지 않고 냉엄하고 비평적이다. 두 친구들과 나누는 대화도 정상적이며 객관적인 자세를 유지하고 있다. "인간이란 얼마나 훌륭한 걸작이냐. 숭고한 이성, 무한한 능력, 다양한 모습과 거동, 적절하고 탁월한 행동력, 천사 같은 이해력, 인간은 하느님을 닮고 있다"고 실토하는 햄릿은 창조의 기적과 인간에 대한 무한한 신념에는 변함이 없는데 그는 미친 사람처럼 시치미를 떼면서 상대방을 엄탐(嚴探)하는 일을 하는 신세가 되었다. 길든스턴이 햄릿에게 배우들이 도착했다고 알린다. 햄릿은 아이네아스와 디도의 이야기 중, 프리아모스 살해 장면을 보여달라고 요청한다. 배우는 그의 말을 듣고 대사를 읊조렸다. 이들을 물러가게 한 후, 햄릿은 의미심장한 말을 한다.

잘들 가게. 아, 겨우 혼자 남게 되었구나. 아, 나는 정말로 보잘것없는 비겁한 자로구나! 참으로 끔찍한 일이로다. 저 배우는 한낱 꾸며낸 얘기 속에서 스스로의 상상력에 마음을 의탁하며 모든 일을 하고 있지 않는가? 피비린내 풍기는 음탕한 악한 — 잔인무도한 호색한, 천하의 대 악당 놈! 아아, 복수다! 나는 바보 천치로구나. 숙부 앞에서, 저 배우들로 하여금 아버지 살해 장면을 재현토록 해보자. 안색을 살피고, 급소를 찔러보자. 조금이라도 주춤하면, 내 갈 길은 뻔해진 거야. 언젠가 봤던 그 망령은 악마였는지도 모른다. 악마는 마음대로 옷차림을 하고 사람 앞에 나타날 수 있다. 증거를 잡자. 연극이다. 이 연극에서 왕의 본심을 알아내고야 말겠다.(2.2.560-584에서 일부 인용)

햄릿은 미친 상태가 아님이 분명하다. 셰익스피어는 햄릿의 온전함을 집요하게 강조하고 있다. 물론 때로는 과격하고, 폭발적이며, 자신을 가누지 못하는 경우도 있지만 이런 신경질 발작을 정신병의 징후라고 말할 수 없다. 위기상황에서 누구에게나 일어날 수 있는 비정상적인 일탈은 묵인될 수 있다. 햄릿은 자신의 본의를 숨기는 일이 더욱더 급하다. 그는 책략으로 광증을 위장하려고 한다. 그것은 위장된 노림수이다. 햄릿은 여러모로 진퇴양난이다. 1막 끝머리에서 햄릿은 망령의 말을 믿고 복수를 맹세했다. 그런데, 두 달이 지나서 그 열기가 식은 침착하고 냉엄한 햄릿이 되었다. 2막 끝에서 극단을 만난 햄릿은 배우의 연기를 보고 자책감에 빠져 다시 새롭게 결심을 다지는 모습을 보여주었다.

햄릿은 오필리어에게 편지를 쓰고 선물을 보냈다. 그만큼 오필리어는 햄릿의 마음을 사로잡고 있다. 급작스럽게 편지와 선물을 반환하는

셰익스피어와 종교 : 〈햄릿〉 격론

오필리어에게 햄릿은 몹시 격분하고 거칠게 행동했다. 급기야 햄릿은 오필리어와 결별했다. 오필리어는 폴로니어스의 지시에 움직이는 꼭두각시였다. 햄릿은 오필리어의 위장 행동을 눈치채고 있었다. 햄릿과 오필리어의 관계에서 5막 1장 오필리어 장례 장면은 중요하다. 햄릿은 갑작스럽게 오필리어 무덤에 뛰어들면서 사랑을 고백하는데 햄릿의 행동은 순수하고 진실했다. 이 같은 햄릿의 사랑을 알지 못하고 정치적 모략과 부친의 죽음 때문에 미쳐버려 강물에 몸을 던진 오필리어는 가련한 소녀의 비련이다. 덴마크는 감옥이요 사랑은 죽음이었다.

국내 대신 폴로니어스는 천하 속물인데, 왕과 왕비에 아첨하면서 충성을 다하고 있다. 자신의 학식과 달변에 도취되어 매사에 교활하고 위선적인 그는 자신만만하다. 홀아비 신세인 그에게 아들 레어티즈가 있는데, 그는 프랑스에 유학 중 클로디어스 대관식에 참석하러 엘시노성으로 왔다. 폴로니어스가 프랑스 출발 전 아들에게 하는 충고의 말은 처세의 금언이요, 자신의 처신술이었다. 폴로니어스는 영악하고, 주군을 위해서는 수단 방법을 가리지 않는다. 오필리어에게 사랑의 편지와 선물을 돌려주라면서 딸을 회랑에 풀어놓는다거나, 햄릿을 엄탐하기 위해 가진 음모를 다 꾸미는 일은 간신의 모습이다. 그는 클로디어스를 왕위에 앉히는 일에도 가담했을 것이고, 국사와 온갖 일에도 사사건건 참견했을 것이다. 말하자면, 그는 마당발인 것이다. 폴로니어스는 익살광대요, 음흉한 정략가요, 가혹한 아버지였다. 그의 죽음은 햄릿을 영국으로 추방하는 계기를 만들어주었다.

3. 극중극은 어떤 변화를 일으키는가?
— 클라이맥스(3막)

    2막에서 하룻밤 지나면 3막이다. 클로디어스는 햄릿과 오필리어를 만나게 해서 햄릿의 고민이 상사병 때문인지 아닌지 확인해보려고 한다. 폴로니어스와 클로디어스는 이들의 만남을 몰래 숨어서 보기로 한다. 햄릿이 등장해서 "죽느냐 사느냐, 그것이 문제로다" 독백을 시작한다. 여기서 확실히 해둘 일은 이 독백이 자살을 거론하고 있지 않다는 것이다. 햄릿은 죽음을 몽상할 정도로 염세주의에 빠져 있지 않다. 2막 끝에서 그는 행동의 계기를 잡았다. 연극을 통해서 망령을 시험하고, 클로디어스의 범행을 확인해보려고 한다. 그는 배우들에게 연극론 연설을 하고, 호레이쇼에게 자신의 계획을 알렸다. 이런 엄청난 일을 하면서 자살의 기도는 있을 수 없는 일이다. 독백의 내용을 분석하면 햄릿은 교회와 나라와 사회가 명하는 대로 악의 고통을 참느냐, 아니면 악과 대적하며 고난에 맞서서 싸우느냐는 선택의 기로에 있다.

    햄릿은 "to be or not to be"라고 말했지 "to live or not to live"라고 말하

세익스피어와 종교 : 〈햄릿〉 격론

지 않았다. 말하자면 '존재'와 '비존재'가 아니라 '실존'과 '무(無)'이다. 좁은 의미에서의 인간의 생과 죽음에 관한 문제가 아니라 인간 존재와 무에 관한 보다 심원하고 광범위한 철학적 물음이다. 「욥기」에서 말하는 "인간이란 무엇인가?"라는 원초적 의문이다. 교리와 도덕률을 어기면서 복수를 해야 할 것인가, 아니면 신의 심판에 모든 일을 맡길 것인가를 고민하고 있다. 연극을 통해서 클로디어스의 죄악이 드러날 때, 철추(鐵鎚)를 내리는 사적인 복수에 관한 종교적, 도의적 문제를 제기하고 있다. 이 고민은 르네상스 시대의 인간이면 누구나 직면하는 형이상학적 난제였다.

로마 시대 성직자 성 아우구스티누스(Augustine, 354~430)에서 시작된 중세 신학에 의하면 인간은 존재 자체의 의미가 없었다. 인간은 신의 형상으로 창조되었고, 그의 생존 목적은 신의 계율에 복종하며 살아가는 일이었다. 14세기와 15세기에 이르러 새로운 목소리가 들리기 시작했다. 피렌체의 인문주의자들이었다. 인간은 신의 구속에서 벗어나서 인간 본래의 기능을 성취할 수 있다는 주장을 하게 되었다. 살루타티(Salutati)와 알베루티(Alberuti) 등의 학파는 인간은 인간에게 유익하다고 주장했다. 인간은 사색과 선택, 그리고 행동으로 세상에 유익한 일을 할 수 있다고 주장했다. 중세의 삶의 축복은 신을 섬기는 명상이요 기도였다. 르네상스 시대는 세속적인 일을 하면서 얻어지는 도덕적 혜택이었다.

16세기에 이르러 인간론은 두 가지 사상적 전통으로 남았다. 칼뱅(Calvin)과 스페인 신비주의 학파에 의해 아우구스티누스의 종교관은 더욱더 활기를 찾고, 보빌루스(Bovillus)와 피에르 샤롱(Pierre Charron)에 의해 르네상스 인문주의자들은 그들 나름대로 활기찬 발전을 도모했다. 아우구스티누스의 종교사상은 영국 사회에 뿌리를 내리고, 인문주의 사상은 이에 반발하는 사상으로 자리매김을 했다. 리처드 바클레이 경(Sir Richard Barckley)의 『인간 축복론』은 그 대표적인 경우가 된다. 인간은 이 세상에서 투쟁을 통해 미덕과 축복을 얻는다고 그는 설파(說破)했다. 인간은 악마에 대항해서 끝까지 선전해야 된다고도 말했는데, 이 말은 아우구스티누스의 주장과도 일치했다. 중세와 르네상스의 두 시대 사상적 조류의 대립을 보면 햄릿이 고민을 거듭하던 두 갈래 인생의 길 — 'to be or not to be'의 의미가 명확해진다. 미덕을 포기하면 인간은 짐승이 된다고 중세 신학은 가르쳤다. 신에 순종하는 일은 인간의 자유를 포기하는 일이 아니며 양심에서 우러난 도덕적 결단이었다.

엘시노에서 공연이 시작되었다. 선왕의 암살을 다룬 〈곤자고의 살인〉을 레퍼토리로 삼았다. 클로디어스의 반응을 보면 망령의 진위(眞僞)를 가릴 수 있는 기회가 되었다.

3막 2장은 극중극 장면이다. 극중극 장면은 〈한여름 밤의 꿈〉에서 볼 수 있는 직장인들의 극중극, 〈당신이 좋으실 대로〉와 〈폭풍〉 등에서도 볼 수 있는 셰익스피어의 독특한 표현양식이다. 그 당시 연극은 허구와 현실이 분리되지 않았다. 셰익스피어가 활동한 글로브극장의 돌출무대는 허구세계와 현실세계를 번갈아 보여주는 무대였다. 말하자면 이중적 다층무대였다.

〈헨리 5세〉 초장에서 서사(序詞)역이 "이 'O'자 무대는 영국과 프랑스가 싸우는 전투 현장이다"라고 말할 때, 그 무대는 관객들 눈에 순식간에 전쟁이 치러지는 벌판으로 이미지가 전환된다. 극중극 무대에서 "허구"와 현실이라는 상반되는 이중성 표현은 셰익스피어 연극의 특징이다. 특히 역사극에서는 이런 기법이 효과적이다. 〈햄릿〉의 극중극은 허구 세계와 현실 세계를 연결하는 유대였다. 연극을 보는 왕이 연극 속에서 자신의 분신을 보는 이중구조는 "연극이 현실을 비추는 거울"이라는 햄릿의 말을 실감케 했다.

3막 1장에서 햄릿은 오필리어를 만나면서 행동하는 햄릿의 모습을 보여주기 시작했다. 오필리어가 달라진 것을 보고 햄릿은 무자비하게 오필리어를 질책한다. 죄를 범하지 말고 "수녀원으로 가라!"고 일갈(一喝)했다. 당시 '수녀원'은 '매춘굴'의 은어이기도 했다. "아버지는 어디 계시오?"라는 질문에 오필리어는 "집에 계십니다"라고 거짓말을 한다. "이 세상 험담을 피할 길 없으니 수녀원으로, 수녀원으로 가라"고 그는 계속 재촉한다. 햄릿은 여인의 변심과 위선과 교태에 더 이상 참지 못하겠다고 말하면서 그런 이유로 "나는 미쳤다"고 실토한다. 햄릿의 과격한 언동에 오필리어는 큰 상처를 입었다. 햄릿은 자신의 거동을 숨어서 보는 사람들이 있다는 것도, 이 일에 오필리어가 이용당하고 있는 것도 알고 있었다. 햄릿은 순간적으로 오필리어를 거트루드와 연관 짓고 여인들의 지조를 의심하고 개탄했다.

3막 2장은 햄릿이 극단 배우들에게 연기론을 펼치면서 1장과 3장 두 격정적인 장면 사이에 조용한 막간을 유지하고 있다. 배우들에게 전하는 충고의 말 속에도 햄릿의 비극적 주제가 담겨 있다. 연기론의 억제와 이완의 문제는 복수를 겨냥한 햄릿의 온건한 행동과 격정적 질주의 양면성을 전하고 있다. 클로디어스는 극중극 내용에 충격을 받고 밖으로 뛰쳐나갔다. 클로디어스는 햄릿이 자신의 범행을 알고 있다고 생각했다. 햄릿은 망령의 말을 믿게 되었다. 그래서 신속한 복수를 다짐했다. 극중극 이전에는 클로디어스가 쫓기는 신세였지만, 그 이후에는 햄릿이 쫓기는 상황으로 역전되었다. 클로디어스는 햄릿을 영국으로 추방하리라고 결심했고, 극중극에 마음 상한 거트루드는 햄릿을 내실로 호출했다. 어머니를 만나러 가는 도중에 햄릿은 클로디어스가 참회의 기도를 올리는 장면에 맞닥뜨렸다. 햄릿은 이때다 싶었다. 칼을 꺼내 들었다. 순간, 그는 멈칫했다. 죄를 뉘우치고 있을 때 악인을 죽이면 그는 천국으로 간다는 생각 때문이다. 악당을 지옥에 보내려면 악을 범할 때 죽여야 한다고 믿었기 때문이다. 기도 장면은 중요한 전환점이 된다. 클로디어스의 새로운 비극적 면모가 드러났기 때문이다. 그는 앞뒤 가리지 않는 무모하고 잔인한 악당만은 아니었다. 그는 자신의 범죄로 양심의 가책을 받고 있는 저주받은 악인이었다. 그는 마음속 깊이 참회하고 있었다.

셰익스피어는 그의 성격 속에 기독교에서 전하는 죄인의 고통스런 이미지를 심어놓고 있다. 기독교 설교집에서 언급된 '참회의 네 계단' — 회개, 고백, 믿음, 속죄 가운데 클로디어스는 세 번째 계단을 오르고 있다. 클로디어스는 자신의 죄를 증오하고 있다. 그것은 신에 대한 모독이기 때문이다. 그 "악취가 하늘을 찌르고 있기" 때문이다. 죄인은 자신의 죄를 고백하는 일이 중요하다. 하느님 앞에서 자신의 죄를 인정하고 있기 때문이다. 클로디어스는 죽음의 고통 속에서 하느님의 자비와 용서를 구하고 있다. "아직도 희망은 있다. 나의 죄는 이미 과거의 것이 아닌가." 이아고와 리처드 3세와는 이 점이 다르다. 그는 오히려 맥베스와 가깝다고 할 수 있다. 그러나 클로디어스의 경우는 더 비참하다. "죽음처럼 암담한 마음이여 — 아, 덫에 걸린 영혼이여!" 그는 몸부림치고 있다. 참회의 눈물을 아무리 흘려도 죄의 올가미는 그를 더욱더 조이고 있다. 그는 저주를 받고 있다. "나의 기도는 하늘로 가지만, 나의 마음은 지상에 그대로 남아 있구나. 마음이 따르지 않는 말은 하늘에 닿지 못하네"라면서 클로디어스는 자비의 기도를 끝내고 저주의 삶으로 몰락했다. 그의 기도 장면에서 우리는 죄인에 대한 종교적 구제의 문제를 생각하게 된다.

인간의 악이란 무엇인가. 인간을 영원히 구제하는 용서와 자비의 기독교는 어떻게 선을 주장하며 악을 징벌하는가. 셰익스피어는 이런 내용을 햄릿의 복수극 속에 담고 있는데, 클로디어스의 기도 장면과 그 이후 계속되는 햄릿의 행동에서 그 의미를 전달하고 있다. 말하자면 응징의 정당성을 확보하고 자신이 징벌의 대리인 역할을 하게 된다는 것이다.

엘리너 프로서는 1585년에서 1642년 사이 런던에서 발표된 26편의 극작품을 조사해서 발표했다. 이들 작품의 주인공 26명 중 23명이 악인의 징벌에 참여했고, 나머지 3명만이 그 일을 하지 않았다. 26명은 중세의 전통적인 교리와 도덕률에 반발하며 개인의 자유의지에 따라 행동했다. 악인을 영원히 저주하고 제거하는 일을 당시 관객들은 받아들이고 있었다. 왕자는 어머니 방으로 갔다. 어머니를 맹렬히 비난하며 죽일 듯 달려들자 거트루드는 "사람 살려"라고 고함을 질렀다. 방장 뒤에 숨어 있던 폴로니어스도 놀라서 소리를 질렀다. 햄릿은 방장 사이로 칼을 찔러 폴로니어스를 죽였다. 이 순간 이후, 햄릿은 위험한 고비에 직면한다. 그는 일급 살인자가 된 것이다. 연극은 큰 전환점을 맞이했다.

오필리어의 광증과 죽음, 레어티즈의 복수, 레어티즈와 클로디어스의 흉계, 햄릿의 영국 추방 등 사건이 급박하게 전개된다. 햄릿은 어머니 내실에서 거트루드를 공박하는 일을 계속했다. 과격한 행동이 도에 넘치자 망령이 나타나서 왕자에게 자제하라며 타이르고 자신의 언명을 기억하라고 경고했다. 거트루드 눈에는 망령이 보이지 않기 때문에 왕자가 미쳤다고 생각했다. 햄릿은 어머니에게 왕의 품에서 떠나라고 애걸한 후 폴로니어스의 시체를 끌고 사라졌다.

캐럴라인 헤일브룬(Carolyn Hailbrun)은 논문 「햄릿 어머니의 성격」(1957)에서 "거트루드의 결혼은 국가의 위기나 클로디어스의 영악한 술수 때문이 아니고 거트루드의 욕정 때문"이라고 별다른 해석을 시도했다. 내실 장면 후반에서 거트루드가 참회의 눈물을 흘렸지만, 전반에서 거트루드는 다분히 클로디어스 품에 의존하고 있었다. 거트루드는 〈햄릿〉 10장면에 나타나지만 오필리어만큼 극의 흐름을 제어하지 못했다고 헤일브룬은 말했다. 대부분의 셰익스피어 학자들은 거트루드가 전남편 살해에 공모하지 않았고, 죽음의 내력에 대해서도 알지 못했다는 의견이었다. 거트루드는 선왕 생존 시 클로디어스의 정부(情夫)였다는 의혹은 제기되었다. 이들의 결혼이 근친상간이었다는 것은 인정했다. 근친상간은 무거운 죄였지만, 국민과 왕실은 그들의 결혼을 받아들였다. 유일하게 햄릿은 불만이었다. 그는 한탄의 소리를 질렀다. "아아, 이렇게 되다니 — 돌아가신 지 두 달, 아니 채 두 달도 안 되었어…… 생각하기도 싫다 — 약한 자여, 그대 이름은 여자인가?(1.2.129-159)." 내실 장면

셰익스피어와 종교 : 〈햄릿〉 격론

에서 거트루드에게 쏟아붓는 말은 격렬하고 침통했다.

> 당신은 우아하고 얌전한 여인의 겸손을 짓밟고, 미덕을 위선이라 하였으며, 청순한 연인의 흰 이마로부터 장미꽃을 뜯어내고, 거기에다 화냥년의 낙인을 찍어놓았습니다. 부부간의 맹세를 투전꾼들의 엉터리 증거로 바꿔놓았습니다.
> 신성한 맹세 속에 담긴 영혼을 몽땅 내팽개치고, 그 맹세를 부질없는 헛소리로 바꿔놓았지요. 하늘도 노하여 얼굴을 붉히고, 단단한 땅덩어리도 세상의 종말 같은 당신의 행동을 보고 슬퍼하고 있습니다.
> (3.4.42-52)

거트루드는 햄릿의 공박에 양심의 가책을 받으면서 "오, 햄릿, 너는 내 가슴을 두 동강 내고 있구나"(5.4.158)라고 절규했다. 그랜빌바커는 그의 저서 『셰익스피어 서론』에서 말했다. "거트루드는 성숙하지 못했다. 모든 일에 수동적이다. 그녀는 클로디어스 그늘에서만 움직인다. 클로디어스는 마술적인 책략으로 거트루드를 장악했다." 왕자의 매서운 비난에 시달리고 눈물짓는 거트루드가 5막에서 아들을 걱정하며 클로디어스를 고발하고 죽는다. 정의롭고도 깊은 모정을 알리는 애틋한 순간이었다.

4. 햄릿의 추방과 귀환

― 하강 플롯(4막)

4막이다. 거트루드는 클로디어스에게 햄릿이 폴로니어스를 죽였다고 알린다. 왕은 햄릿의 추방을 거트루드에게 알렸다. 로젠크랜츠와 길든스턴은 영국 도착 즉시 햄릿을 살해하라는 밀서를 휴대하고 간다. 햄릿은 가는 도중 포틴브라스 군대의 행군을 보면서 자신의 복수가 지연되는 무기력을 개탄한다. 그는 자신에게 과감해질 것을 다짐한다. 레어티즈가 부친의 살해 소식을 접하고 영국으로 귀환했다. 그는 부친의 사망을 해명하라고 왕에게 다그치면서 분노한 군중을 대동했다. 오필리어는 부친의 급서(急逝)로 충격을 받고 정신이상이 되었다. 클로디어스는 레어티즈에게 폴로니어스 살해의 범인이 햄릿이라고 알렸다.

이즈음, 왕 앞에 낯선 선원들이 햄릿의 친서를 들고 나타났다. 햄릿은 호레이쇼에게 보낸 편지에 영국행 선박이 해적의 기습을 받아서 이들의 도움으로 자신이 다시 영국에 돌아왔다고 알렸다. 항해 도중 클로디어스가 영국 왕에게 보낸 비밀문서를 입수했더니 그 편지 속에 자신을 살해하라는 내용을 읽고, 반대로 로젠크랜츠와 길든스턴을 죽이라는 내용으로 바꿔치기해서 밀봉했다고 편지에 알렸다. 햄릿은 왕에게 자신의 귀국을 알렸다. 클로디어스는 레어티즈에게 결투를 통해 햄릿을 살해하자고 제안했다. 레어티즈 칼에 독을 칠해놓자는 것이다. 물잔에 독을 풀어서 햄릿이 마시도록 하는 음모도 꾸몄다.

레어티즈가 이끌고 있는 폭도들의 반란은 대단히 흥미롭다. 셰익스피어의 동시대인 윌리엄 해리슨은 그의 저서 『영국 풍물지』(1577)에서 영국민의 사회계층을 네 개로 구분했다. 첫째가 왕족과 귀족, 둘째가 신사계급, 셋째가 향사, 즉 도시 중상층, 넷째는 농민, 상인, 직공 등 하층계급이다. 셰익스피어 시대 인구는 350만 명으로 추산되는데, 그중 75퍼센트가 하층계급이었다. 말하자면 민중이 절대 다수였는데, 당시 사회에서 인정된 계급은 신사 계급 이상이었다. 클로디어스가 폴로니어스를 살해했다고 속단한 레어티즈는 폭도를 이끌고 궁궐로 왔다.

왕으로부터 사건의 진상을 파악한 레어티즈는 햄릿의 목을 치겠다고 맹세했다. 거트루드는 레어티즈에게 오필리어의 익사(溺死)를 알렸다. 레어티즈는 그 소식을 접하고 "불덩이 같은 분노가 타오르지만, 어리석은 눈물이 그 불을 끄고 있다"고 하면서 퇴장한다.

5. 죽음의 침묵

― 대재난의 종막

5막에 나타난 햄릿은 완전히 변했다. 그는 이미 좌충우돌하는 젊은이가 아니다. 침착하고 사려 깊은 인간으로 성장했다. 햄릿은 자신의 정체(正體)를 찾은 듯했다. 항해 중 구사일생으로 돌아와서 호레이쇼를 만나는 사이에 무슨 일이 일어났다고 보는데, 묘지에서 겪은 일이 영향을 미쳤다고 생각된다. 햄릿은 "황제 시저도 죽어 흙이 되어/벽의 틈새 구멍 바람막이 되었을지 모른다"라는 명상 속에서 인생의 허무를 절감하며 신의 섭리를 깨달았을 것이다. 그런 심경의 변화는 결투장에서 "참새 한 마리 떨어져도 하느님 뜻이 아닌가"(5.2.207~8)라는 말로도 요약된다. 레어티즈에게 용서를 구하는 햄릿의 태도는 고결한 인격의 변신이었다(5.2.213~224). 햄릿은 신의 은총에 의지하며 "마음의 준비"를 했다. 햄릿의 죽음으로 끝나는 비극적 순간에 관객은 정신적으로 승화되는 정화의 순간을 체험하게 된다. 비극작품이 안겨주는 특별한 효과라 할 수 있다.

엘리너 프로서의 저서『햄릿과 복수』에 대한 서평에서 커닝엄(Dolora G. Cunningham, *Shakespeare Studies*, VI, 1967)은 "묘지 장면은 햄릿의 사생관 (死生觀)을 바꿔버린 전환점이 되었으며, 햄릿은 묘지에서 신비로운 초월적 의지를 느꼈다"라고 말했다. 커닝엄은 서평에서 프로서의 저서를 "금세기에 발표된 셰익스피어 연구 업적 가운데서 가장 중요한 업적의 하나"로 평가했다. 커닝엄은 프로서가 "셰익스피어 작품이 복수를 파괴적인 행위라고 반대한 기독교의 주장을 대체적으로 지지하고 있다"는 내용도 분명히 했다. 브래들리(A.C. Bradley)도『셰익스피어 비극론』에서 "햄릿은 묘지 장면에서 뭐라고 형언할 수 없는 운명의 손길 안에 들어 있었다"고 해명했다. 메이야드 맥크(Mayard Mack)는 "알렉산더 대왕도 먼지로 남는 인간의 운명"을 햄릿이 겸허하게 받아들였다고 말했다 (Shakespeare Quarterly, Spring, 1973). 이 모든 주장을 통해서 우리는 새로운 햄릿을 5막에서 볼 수 있게 되었다.

엘시노 묘지에 오필리어의 상여가 도착했다. 햄릿은 우연히 그 상여와 마주친 것이다. 상여를 따라온 레어티즈는 "오월의 장미였던 사랑스런 소녀"(4막 5장)라고 울부짖으면서 "아름답고 깨끗한 그녀의 육체로부터 오랑캐꽃이 피어날 것이다"(5막 1장)라고 울부짖는다. 거트루드는 오필리어 관에 꽃을 뿌리면서 "아름다운 소녀에게는 아름다운 꽃을 안기자. 네가 햄릿의 아내가 되어줄 것을 바라고 있었는데, 너의 신방을 꽃으로 장식해주려고 했는데, 너의 무덤에 나는 이렇게 꽃을 뿌리고 있구나"라고 한탄의 말을 쏟아냈다. 이 장면에서 꽃의 이미지는 사랑을 이루지 못하고 죽은 가련한 소녀의 운명을 상징적으로 表現하고 있다. 로즈마리 꽃은 변함없는 사랑을 의미한다. 데이지 꽃은 청순한 사랑을 뜻한다. 〈한여름 밤의 꿈〉에서는 꽃물로 정신을 마비시켜 엉뚱한 환상을 불러일으키고, 〈로미오와 줄리엣〉의 로렌스 신부는 약초를 캐면서 "꽃봉오리 속에는 독도 있고 약효도 있다"고 말했다. 줄리엣은 로렌스 신부가 준 약물을 마시고 가사상태에 빠졌다. 셰익스피어는 이 모든 장면에서 꽃으로 말을 하고 있다.

셰익스피어 작품에는 수많은 꽃과 약용식물이 나온다. 장미, 팬지, 오랑캐꽃, 카네이션, 인페리아스, 앵초꽃, 카우슬립, 옥슬립, 아이리스, 백합, 수선화, 국화, 금잔화, 인동덩굴, 로즈마리, 운량과 다년초, 회향풀, 매발톱꽃, 튤립 등이다. 엘리자베스 1세 시대(재위 1558~1603)와 제임스 1세 시대(재위 1603~25)는 본초학 전성시대였다. 식물학과 원예학 황금시대에 꽃과 식물은 문학작품을 화려하게 장식하고 있었다.

셰익스피어 시대의 식물 분포는 현대와는 양상이 달랐다. 튜더 왕조 초기는 식물 분포가 아주 빈약했다. 겨울은 길고, 혹한이며, 녹지대는 사라지고, 새들도 날지 않는 살기 어려운 기후여서 화초는 자라기 힘들었다. 1455년부터 1485년까지 30년 동안 계속된 요크(흰 장미)와 랭카스터(붉은 장미) 두 집안의 왕권 쟁탈 전쟁으로 왕족 80명과 병졸 10만 명이 전사한 시대요 나라였다. 1486년, 장미전쟁을 승리로 끝낸 헨리 7세는 원예를 장려했다. 16세기 영국에서 장미와 카네이션꽃이 처음으로 관상용과 약용으로 재배되었다. 영국을 포함해서 유럽 여러 나라가 풍성한 식물을 갖게 된 것은 그 이후 대규모 식물채집 운동이 일어나서 겨울의 혹한을 이겨내는 식물을 전 세계에서 구해서 정착시키고 육성한 결과였다. 이 일로 인해 유럽의 정원과 산야의 모습은 전혀 다른 풍경이 되었다.

장미전쟁 이후 72년이 지나 왕위에 오른 엘리자베스 여왕은 불과 30년 동안에 유럽의 패권을 장악하고 황폐한 국토에 꽃을 심고 숲을 이루어 산림대국으로 발전시켰다. 당시 해외무역은 영국의 주요 산업이었다. 해외 진출의 부산물로 얻은 것이 수목과 꽃의 유입이었다. 문제는 햇빛이 적은 영국의 추운 날씨였다. 이 때문에 추위에 강한 꽃을 선택해서 각별한 원예기술을 개발했다.

당시, 이 일을 수행했던 연구진은 본초학자로 불리는 의사와 약재사였다. 그 중심에 존 제라드(1545~1612)가 있다. 그는 1597년『본초학, 식물 이야기』라는 책을 간행해서 명성을 떨쳤다. 셰익스피어 작품에 꽃이 등장할 정도로 원예의 르네상스 시대가 이들의 노력으로 이뤄진 것은 16세기 말에서 17세기 초였다. 셰익스피어는 꽃의 식물학과 본초학의 지식을 위해 당시 출판된 수많은 식물학 관련 서적을 충분히 읽었을 것이다. 〈햄릿〉 작품에는 장미, 로즈마리, 오랑캐꽃, 매발톱꽃, 운향꽃, 실국화, 팬지꽃 등이 나온다. 셰익스피어 작품에서 장미꽃은 70회 이상 언급되었다. 셰익스피어 작품에는 식물이 775회 언급되고 있으며, 식물의 종류는 160종이다. 참고로 불경 속에 기록된 식물은 120종이 된다. 신구약성서에는 230종이 언급되고 있다. 〈한여름 밤의 꿈〉에는 40종의 식물이 55회 언급되고 있다.

레어티즈가 오필리어 무덤 속에 뛰어들자, 숨어서 보고 있던 햄릿도 오필리어를 너무나 사랑했다고 절규하면서 뛰어들었다. 두 젊은이는 격투를 시작했다. 이들의 싸움은 클로디어스의 계략으로 급기야는 궁궐에서 두 젊은이의 결투로 발전되었다. 결투가 시작되는 순간, 햄릿은

〈묘지에서의 햄릿과 호레이쇼〉, 들라크루아(Eugène Delacroix), 1839

　　　　　　　　　　　셰익스피어와 종교 : 〈햄릿〉 격론

레어티즈에게 그동안 자신이 저지른 일은 "온전한 햄릿이 아니고 실성한 햄릿"이 한 짓이라며 용서를 빌었다. 이런 행동은 기독교 세상의 윤리를 말하고 있다. 묘지 장면은 우리 모두에게 죽음과 최후의 심판을 일깨워준다. 햄릿이 손에 들고 응시하는 해골은 죽음을 기억하라는 것이다. 「욥기」 17장 11-16절을 보자. "어디에 나의 희망이 있는가. 누가 나에게 희망을 보여주는가. 모든 것은 티끌이다." 셰익스피어는 1602년 영어로 번역된 『기도와 명상에 관해서』라는 책을 읽고 〈햄릿〉 집필에 참고했다고 프로서는 언급했다. 5막에서 보여준 햄릿의 태도는 자신의 죽음에 직면한 체념과 절도(節度)요, 신의 섭리를 받아들이는 긍지(矜持)였다. 거트루드가 햄릿에게 전하는 말은 더욱더 의미심장하다.

> 너는 알 것이다. 살아 있는 모든 것은 죽는다.
> 자연스런 삶을 지나 영원으로 간다.(1.2.73-74)

5막 2장에서 호레이쇼와 나눈 대화에서 햄릿은 말했다.

> 우리 인간들이 아무리 엉성하게 일을 꾸며 놓아도,
> 그것을 다듬고 완성하는 것은 하느님의 뜻이다.(5.2.10-11)

그러나, 호레이쇼와 나눈 다음 대사에 주목하자.

햄릿   나는 절대로 물러설 수 없네. 싸워야 돼. 안 그런가?
그놈은 부왕을 살해했고, 어머님을 더럽혔고,
또 내가 이 나라의 왕이 되는 것을 방해했네.

그뿐인가, 내 목숨을 빼앗으려고 함정까지 파놓았네.

그런 놈을 이 손으로 처치하는 것은 당연한 일이지.

벌레 같은 그런 인간이 번성하면서 악행을 계속한다면

어떻게 방임해둘 수 있겠는가? 그 방임은 죄악일세.

호레이쇼 얼마 안 있어 그쪽 일이 어떻게 처리되었는지

영국으로부터 소식이 오겠군요.

햄릿 곧 알게 되겠지. 그때까지 시간은 내 차지네.

인생이란 어차피 깜빡하는 순간에 끝나는 것 아닌가?

그건 그렇다 치고 이봐, 내가 레어티즈에게 성질을 부린 건

잘못한 일이었어. 내 형편을 생각해보면 그의 심정도 이해할

수 있을 것 같아. 사과를 해야겠네. 지나치게 슬픔을

과장하기에 나도 모르게 분통이 터졌지.(5.2.67-84)

이 대사를 보면, 햄릿은 복수심에 불타면서도 클로디어스 죽이는 일
에 선뜻 나서지 않고 있다. 그래서 복수는 계속 지연되고 있다. 햄릿은 5
막에 이르러 화해를 모색하면서 신의 은총을 기원하는 자세를 보이고 있
다. 마태복음이 전하는 복음을 그는 몸소 실천하고 있다는 생각이 든다.

몸을 죽이지만 영혼을 죽이지 못하는 자들을 두려워 말라. 오히려,
몸도 영혼도 지옥에서 멸망하는 자들을 두려워하라. 두 마리 새는 동
전 1 아사리온으로 팔리고 있지만, 그중 한 마리도 아버지 하느님의
허락 없이는 땅에 떨어질 수 없다. 너희들 머리카락 한 오락까지도 하
느님은 헤아리고 있다. 그러니 두려워 말라. 너희는 수많은 새들보다
더 가치가 있지 않느냐.(10. 28-31)

세익스피어와 종교 : 〈햄릿〉 격론

햄릿은 죽음을 아무 거리낌 없이 맞이하고 있다. 인간은 하느님 품에서 육체의 죽음을 두려워할 필요가 없다는 생각을 하고 있다. 정말로 두려운 것은 영혼의 죽음이다. 햄릿은 계속해서 죽음에 대한 입장을 밝히고 있다.

> 죽음이 지금 닥치면 나중에 오지 않을 테고,
> 후에 오지 않을 거라면 지금 오는 법이야.
> 지금이 아니면 언젠가는 오고야 말지.
> 평소 마음의 준비가 제일이야.
> 언제 목숨을 버려야 하는지 아무도 알 수 없는 일이니,
> 만사 될 대로 되라는 심정뿐이네. (5.2.207-211)

호레이쇼가 결투를 중단하는 것이 어떻겠냐고 왕자에게 물었을 때다, 위 대사는 그 질문에 대한 답변이었다. 제임스 콜다우드(James L. Calderwood)는 「햄릿의 준비성」(1984)이라는 논문에서 두 단어의 어의(語義)를 잘 설명하고 있다. "'무르익다'는 성숙해지는 상태이다. 그러나 '준비'는 성취하는 순간이다. 성숙은 자연 발생이요, 준비는 취득하는 행위다. 사람은 자신이 준비하지 않고서는 '준비' 상태에 도달하지 못한다. 햄릿은 내내 의미심장하게 스스로 앞으로의 일을 준비하고 있다. 그 준비는 무엇인가?"

콜다우드는 "햄릿이 죽음을 준비하고 있다"고 단정했다. 햄릿은 독백에서 자살을 몽상했고 영국으로 추방되는 과정에서 자신의 사형 집행 음모를 알았으며, 부왕의 죽음, 폴로니어스의 횡사, 사랑하는 오필리

어의 죽음, 역사적 인물들의 죽음, 그리고 측근들의 수많은 죽음에 직면한 연후에 이제는 자신의 죽음을 준비하는 시점에 이르렀다. 햄릿은 "지금이 아니면 언젠가는 오는" 자신과 레어티즈, 그리고 클로디어스의 죽음에 직면하게 되었다. 그는 달관하면서 더욱더 온화하고 자비로워졌다. 클로디어스에게도 예의를 지키고, 레어티즈에게 진심으로 사과했다. 「로마서」 7장 17절에 햄릿은 눈을 떴다. "일을 저지르는 것은 내가 아니고, 내 안에 있는 악이 행하는 일이다." 과거에 한 일은 '미친 햄릿'이 한 짓이라고 반성하는 햄릿은 극의 막바지에 이르러 새로운 자아를 인식하게 되었다.

펜싱 결투가 시작되었다. 펜싱(Fencing)은 당시 유행한 서양의 검술이었다. 영국에서는 펜싱이 17세기에 크게 발전했다. 펜싱은 방어술에서 유래한 호신술이었다. 오늘날의 펜싱은 칼끝에 단추를 끼운 세검(rapier)을 오른손에 들고 왼손을 치켜들고 놀리면서 상대방을 찌르는 무술이 되었다. 이 세검은 16세기 대륙에서 전래되었다. 원래는 세검을 오른손에, 단검(dagger)을 왼손에 들고 싸우는 것이었는데, 차츰 단검을 사용하지 않게 되었다. 앞으로 '찌르기(lunge)'와 뒤로 물러서면서 '받아넘기기(parry)'는 펜싱의 기본기이다. 펜싱으로 결투를 하는 경우는 햄릿의 경우처럼 칼끝에 단추를 끼지 않고 상대방을 찔러 상처를 낸다.

결투가 시작되면서 레어티즈는 햄릿을 찔렀다. 격전이 진행되면서 두 사람의 칼이 바뀌었다. 독침이 묻은 칼로 햄릿은 레어티즈를 공격했다. 레어티즈는 치명상을 입었다. 왕비는 클로디어스가 건넨 독이 담긴 물을 마시고 쓰러졌다. 숨을 거두면서 왕비는 햄릿에게 물컵을 조심하

라고 손짓한다. 숨을 가쁘게 쉬는 레어티즈는 햄릿에게 용서를 빌면서
모든 참사의 원흉은 클로디어스라고 말했다. 햄릿은 클로디어스에게
달려들어 독즙을 그의 입에 주입했다. 햄릿의 복수가 성취되는 순간이
었다. 클로디어스는 악행을 저지르는 과정이었고, 거트루드는 왕을 부
정하며 불의를 고발했다. 이 일로 자신을 포함해서 작중인물 8명 전원
이 희생되었다.

결투장에서 클로디어스를 살해한 것은 미리 계획된 행위가 아니었
다. 그렇기 때문에 당시 관객들은 햄릿의 행위를 용납할 수 있었다. 햄
릿은 자신의 죽음을 예감하고 있었다. 햄릿은 사건을 일으킨 것이 아니
라, 사건이 햄릿을 유도했다. 죽음의 침묵 속에서 "한 마리 새처럼" 햄
릿은 자신의 운명을 신의 뜻에 맡겼다. 그는 호레이쇼에게 자신의 이야
기를 후세 사람들에게 전해달라고 부탁했다. 호레이쇼는 응답했다.

이곳서 발생한 음탕하고, 잔인하고, 퇴폐적인 일들,
우발적인 판단, 뜻밖의 살인, 강압적인 음흉한 처형,
빗나간 흉계로 모사꾼들 머리위에 날벼락 친
일들을 몽땅 털어놓겠습니다. (5.2.384-390)

6. 햄릿을 연기한 명배우들

　엘리자베스 시대와 왕정복고 사이에 연극이 없었던 청교도 시대가
18년간 계속되었다. 1660년 찰스 2세가 왕정을 복구하자 런던에 새로
운 극장이 건립되기 시작했다. 당시 극장 모델은 커튼 앞에 돌출무대가
있는 액자틀 무대와 프랑스 극장의 중간형이었다. 물론 배경도 참작되
었다. 당시 연극은 프랑스와 스페인의 영향을 받은 '영웅희극'이었다.
이 연극의 특징은 초인적인 무력과 정신력을 지닌 주인공이 사랑과 명
예를 주장하며 펼치는 연극인데, 압운 2행시(heroic couplet)를 사용한 과장
된 대사를 읊어댔다. 드라이든(Dryden)의 〈그라나다 정복(The Conquest of
Granada)〉이 대표적인 작품이다. 또 다른 연극은 상류사회의 풍습, 습관,
사상을 풍자하는 '풍습희극'이었다. 18세기에 이르러, 이들 연극과 함께
셰익스피어의 개작 공연이 유행했다. 대버넌트(William Davenant)의 〈맥베
스〉와 테이트(Nahum Tate)의 〈리어 왕〉이 그 대표적인 공연이다.
　19세기 셰익스피어 연극이 성취한 업적은 배우 겸 극장 경영인 매

크리디(Charles Macready)가 셰익스피어 원작에 충실한 공연을 복원한 일이다. 셰익스피어 원작 대본이 최초로 출판된 것이 1608년의 4절판이다. 이후, 1623년 제1, 제2의 2절판이 출판되고, 1632년, 1633년, 1664년, 1684년에는 각기 2절판과 4절판 텍스트가 간행되었다. 니콜라스 로(Nicholas Rowe)는 1709년 6권으로 된 셰익스피어 전집을 발행하면서 작품의 막(幕)과 장(場)을 구분하고 등장 인물표 등을 정리했다. 1790년에는 말론(Edmund Malone)이 10권으로 된 전집을 발행했다. 그는 셰익스피어 작품 제작 연도와 극장사 연구에서 큰 업적을 남겼다. 왕정복고 이후 런던의 정부 승인 극장(Patent Theatres) 드루리레인과 링컨스인필즈(코벤트가든 극장)가 문을 열면서 공연이 활성화되고 명배우들이 무대에 출연하면서 셰익스피어 연극이 활성화되고 평론도 놀라운 발전을 이룩했다.

〈햄릿〉 비평의 범위와 다양성은 광범위하고 깊다. 셰익스피어 학자들과 비평가들은 〈햄릿〉 작품에 관해서 많은 쟁점을 제기하고 격렬한 논쟁을 벌였다. 집중적으로 거론된 몇 가지 문제는 다음과 같다. 18세기 신고전주의 학파는 작품이 지니고 있는 정서적 감동, 이념적 강점을 중요시했다. 1763년, 토머스 셰리던(Thomas Sheridan)은 햄릿의 감상적인 우유부단한 성격과 그의 광증을 중시하는 낭만주의 시대의 입장을 예고하고 있었다.

리처드 버비지는 엘리자베스 시대에 명성을 떨치며 햄릿 무대에 섰다. 셰익스피어 자신이 망령 역할을 했다는 주장도 있다. 버비지의 후계자는 배우 테일러(Joseph Taylor)였다. 왕정복고 시대, 듀크 극단(Sir William Davenant's Duke's Company)이 1661년 여름 〈햄릿〉을 무대에 올렸다. 대본의 축소는 불가피했지만 원본에 충실한 공연을 지속했다. 새뮤얼 페피(Samuel Pepys, 1633~1703)의 관극 일기에는 배우 토머스 베터튼(Thomas Betterton)의 햄릿 연기는 "상상을 초월하는" 명연기였다고 기록되어 있다. 당시 26세였던 베터튼은 햄릿 연기를 이후 50년간 계속했다.

베터튼 이후, 1695년 새 극단을 창단한 윌크스(Robert Wilks)가 햄릿을 맡았는데, 당시 평자들은 그의 연기에 부정적 반응을 보였지만 그의 탁월한 독백 연기는 관객의 찬사를 받았다. 1710년대에 이르러 수많은 햄릿 배우들이 나타나기 시작했는데, 그중에서 명성을 떨친 배우는 1719년 무대에 출연한 라이언(Lacy Ryan)이었다. 1741년 데이비드 게릭(David Garrick)은 헨리 기파드(Henry Giffard)가 출연한 〈햄릿〉 무대에서 망령을 맡았다. 이듬해 8월, 더블린에서 그는 햄릿 역을 맡게 되었고, 같은 해, 런던 무대에서 햄릿을 연기했다. 이 무대에 키티 클라이브(Kitty Clive)는 오필리어 역으로 출연했다. 그 시즌 무대에 게릭은 햄릿 연기로 13회 연속 출연하면서 1776년 5월 30일 은퇴 공연까지 해마다 햄릿 역을 맡았다. 그는 묘지 장면과 오필리어 장례식 장면을 삭제했었다. 거트루드의 독살 장면을 삭제하고, 그녀가 죄의식 때문에 광기를 부리며 무대서 퇴장하는 장면으로 대치했다. 이 무대에서 클로디어스는 햄릿과 칼싸움을 하다가 죽었다.

게릭 이후, 스미스(WIlliam Smith)가 1757년부터 1773년까지 햄릿 역을 맡았다. 그는 1783년까지 해마다 햄릿 무대에 섰다. 헨더슨(John Henderson)이 1777년 6월 26일 런던 헤이마켓(Haymarket) 무대에서 햄릿으로 데뷔하자 스미스는 그와 겨루면서 햄릿을 연기했다. 낭만주의 시대 명배

셰익스피어와 종교 : 〈햄릿〉 격론

우 켐블(John Philip Kemble)이 1783년 9월 30일 드루리레인극장에서 검은 벨벳 의상에 몸을 감고 비수(悲愁)에 잠긴 햄릿 연기로 돌풍을 일으키면서 그 시즌에 12회 연속 무대에 섰다. 이후 그의 무대는 해마다 이어지다가 1796년부터 세기말까지 계속되었다. 1786년, 명배우 시던스(Sarah Siddons)가 오필리어로 관객의 격찬을 받으며 드루리레인 무대에 섰다. 10년 후, 시던스는 런던 무대에서 거트루드 역으로도 출연했는데, 당시 햄릿 역은 로턴(Wroughton)이었다. 시던스는 1777년 맨체스터와 리버풀에서 햄릿 역으로 무대에 섰고, 1781년에는 바스(Bath)와 브리스톨(Bristol)에서, 그리고 1802년 더블린에서도 햄릿 연기를 담당하며 화제(話題)를 불러일으켰다. 시던스에 이어 파월(Mrs. WIlliam Powell)도 1796년과 1797년 여자 햄릿으로 관객을 놀라게 했다. 18세기, 〈햄릿〉은 총 601회의 공연 기록을 남겼다. 〈햄릿〉은 당시 최고 인기 작품이었다.

코벤트가든에서 1803년부터 1817년까지 계속된 켐블의 햄릿은 여러 장면이 생략되고 있었다. 포틴브라스, 대사(大使)들, 레날도 장면은 생략되었다. 무언극과 클로디어스의 기도 장면, 그에 반응하는 햄릿의 독백, 레어티즈에 대한 폴로니어스의 충고 장면도 생략되었다. 햄릿의 독백, 오필리어의 죽음에 관한 설명, 내실장면에서 거트루드에게 전한 햄릿의 마지막 대사 등도 축소되었다. 에드먼드 킨(Edmund Kean)은 1814년 3월 12일 드루리레인에서 햄릿 첫 무대에 섰다. 킨의 과장된 연기는 햄릿의 내면적 성격을 약화시켰다는 비판이 있었다. 하지만 오필리어에 대한 애정 어린 연기는 높이 평가되어 그를 계승한 배우 매크리디의 우아(優雅)롭고 능숙한 연기에 재현되었다. 1821년부터 1837년까지 계속된 코벤트가든의 햄릿은 고상하고 위엄 있는 햄릿의 성격을 표출하는데 역점을 두고 있었다.

찰스 킨(Charles Kean)은 부친 에드먼드의 전통을 이어받고 1838년 드루리레인에서 첫 무대에 섰다. 헤이마켓극장에서는 1843년, 프린세스 극장에서는 1850년 햄릿 역할을 담당했다. 1852년 2월 7일, 설리번(Barry Sulllivan)이 런던에서 햄릿으로 데뷔했고, 그 이후 햄릿 연기로 이목을 집중시킨 배우는 1861년에 등장해서 독특한 화술과 연기로 이목을 끈 찰스 페치터(Charles Fechter)였다. 그러나 그는 비극의 깊이를 전달하지 못했다는 비판을 받았다.

헨리 어빙(Henry Irving)은 1874년 10월 31일 리세움 극장에서 기적적인 200회 롱런 공연을 마치고, 1878년 12월 30일 리세움 극장에서 108일간 계속된 〈햄릿〉 공연의 성공적인 기록을 남겼다. 그의 빼어난 연기도 만장의 갈채를 받았지만, 그와 함께 오필리어 역으로 등장한 여배우 엘렌 테리(Ellen Terry)는 연기사의 신화가 되었다. 연기술은 19세기에 큰 변화를 일으켰다. 격정적 표현이나 치밀한 성격 창조는 낭만주의 연기의 특징인데 킨 등 배우들이 자신과 극중인물을 일체화시킨 연기력으로 완성한 것이었다. 낭만주의 햄릿론을 주장한 괴테는 햄릿이 아름답고 감성적이며 "떡갈나무 뿌리가 내린 값비싼 항아리"라고 평가했다. 독일의 낭만주의 논객인 슐레겔(August Wilhelm Schlegel)은 〈햄릿〉은 "사념의 비극(tragedy of thought)"이라고 정의했다.

1884년 10월 프린세스 극장에서 공연된 윌슨 바렛(Wilson Barrett)의 〈햄릿〉 무대는 성격 창조의 재해석보다는 연극 장면의 창조적 개선으로 놀라운 극적 효과를 달성했다. 200년 만에 왕정복고 시대에서 밀려난 악당 클로디어스를 원래의 대본에 있던 자리에 복원시켜놓은 공연이었다. 바렛은 18세의 건장하고 정열적인 젊은 햄릿을 시원스럽게 살려냈다. 1900년, 리세움 극장에서 프랭크 벤슨(Frank R. Benson)의 무삭제 〈햄릿〉이 공연된 것은 〈햄릿〉 공연사의 또 다른 사건이 되었다. 이후, 이 공연은 1902년부터 1916년까지 스트랫퍼드에서 해마다 공연되었다. 1925년, 존 배리모어(John Barrymore)가 대폭 삭제된 〈햄릿〉 대본을 들고 헤이마켓 극장에 나타났다. 거트루드 역에는 페이 콤프턴(Fay Compton), 콘스탄스 콜리어(Constance Collier)는 오필리어였다. 무대미술은 명장(名匠) 로버트 에드먼드 존스(Robert Edmond Jones)가 담당했다.

19세기 후반 관객 수는 증가하고, 런던의 대중 교통수단이 발달하면서 관극은 일상적인 생활이 되었다. 이에 따라 극장 수도 급증했다. 영국의 배우이며 연출가였던 폴(William Poel)은 1894년 '엘리자베스조 무대협회'를 발족해서 셰익스피어 시대의 무대 조건으로 공연을 진행하는 운동을 전개했다. 20세기 초 역사주의 학파가 이 일의 추진력이 되었다. 미국의 학자 스톨(Elmer Edgar Stoll)은 셰익스피어 작품은 엘리자베스 시대 연극의 전통, 관습에 따라서 이해되고 공연되어야 한다고 역설했다. 그의 주장을 담은 대표적인 저서는 『셰익스피어의 예술과 기교』(1933)이다.

〈햄릿〉 연극의 경우 비극의 중심은 인물이 아니고, 극적 상황이라는 것이다. 즉, 작중인물이 타 인물이나 주변 환경과 어떤 대비를 이루고 갈등하느냐는 것을 주목해야 된다는 것이다. 〈햄릿〉 연극은 부친의 망령으로부터 복수 명령을 받은 복수극 환경이 중요하다는 것이다. 말하자면 극의 구조인 플롯에 중점을 두어야 된다는 것이다. 복수의 지연은 햄릿의 우유부단한 성격 때문이 아니고, 그가 놓인 어려운 상황 때문이라는 입장이다. 스톨은 말한다. "햄릿은 복수를 완수하는 순간에 죽는다. 살인의 죄를 자신이 전부 부담하고 죽는다. 이 같은 상황의 비극이 작품의 핵심이다." 이와 비슷한 이론을 전개한 영국의 학자는 홀로웨이(John Holloway)였다. 그는 왕자 햄릿에 중요한 것은 그에게 주어진 '역할(role)'이라고 말했다. 햄릿의 비극은 그의 성격에서 비롯된 것이 아니고, 복수의 실천이라는 그의 정해진 역할이었다는 것이다.

엘리자베스 시대의 제반 가치와 사상에 비추어보면서 〈햄릿〉을 평가해야 된다는 역사학파의 주장은 서구 연극의 복수비극 전통의 중요성을 강조한 것으로 셰익스피어 시대의 종교, 도덕, 사회의 제반 문제가 〈햄릿〉 속에 반영되고 있다는 관점이었다. 이와는 달리, 정신분석학적 접근을 시도한 연극은 햄릿의 애매모호한 태도를 프로이트(Sigmund Freud)의 학설로 해명한 무대가 되었다. 영국의 셰익스피어 평론가 윌슨 나이트(George Wilson Knight)는 1930년대에 등장해서 그의 저서 『불의 수레바퀴』(1930), 『제국의 주제』(1932), 『생명의 왕관』(1947)으로 선풍을 일으켰다. 그는 성격론이나 역사와 시대적 배경과 상황을 중시하는 입장을 배제하고 작품 자체의 이미저리와 상징, 그리고 언어의 중요성을 강조했다. 결국 이들 평론의 핵심적인 문제는 햄릿의 복수 지연, 그의 광기, 클로디어스의 기도 장면, 망령의 존재, 거트루드와 오필리어에 대한 햄릿의 태도와 입장, 그리고 극중극 등에 대한 난문(難問)이었다.

명배우 길거드(Gielgud)는 1934년 리세움 극장에서 155회 롱런을 기록한 〈햄릿〉 공연으로 큰 화제를 불러일으켰다. 길거드는 이 공연을 1936년 뉴욕으로 갖고 가서 미국 무대에서 총 132회의 롱런 기록을 세웠다. 1937년 1월 로렌스 올리비에(Lawrence Olivier)는 타이론 거스리(Tyrone

Guthrie) 연출로 올드빅(Old Vic) 극장에서 막을 올린 '오이디푸스 콤플렉스' 이론을 도입한 〈햄릿〉 공연에서 주인공으로 등장했다. 오필리어 역에 비비안 리(Vivien Leigh), 오즈릭 역에 알렉 기네스(Alec Guinness), 레어티즈에 앤서니 케일(Anthony Quayle)이 등장했다. 이 〈햄릿〉 공연은 극계의 이목을 집중시켰다. 이 공연은 덴마크 크론보르성(城)에서 공연될 예정이었는데 폭우로 호텔 안 임시 공연장에서 막이 올랐다. 그런데 이 실험적 공연은 뜻밖에도 대성공을 거두었다. 1937년, 마이클 맥오완(Michael MacOwan)이 웨스트민스터 내 텅 빈 무대에서 인공 조명 없이 연출한 〈햄릿〉 공연도 크리스토퍼 올덤(Christopher Oldham)의 햄릿 연기로 명성을 떨쳤다.

거스리가 연출한 1938년 올드빅 극장에서의 〈햄릿〉 공연은 로버트 퍼스(Robert Furse)가 담당한 현대 의상 디자인으로 화제가 되었다. 이 무대에서 명배우 알렉 기네스는 햄릿 역을 맡아서 열연했다. 1944년 10월, 길거드는 조지 라일런드(George Ryland) 연출로 햄릿 역을 맡아서 격찬을 받는데, 페기 애시크로프트(Peggy Ashcroft)는 관객의 뇌리에 각인된 잊을 수 없는 명연기로 가냘프고 불행했던 오필리어를 생동감 있게 무대에 살려냈다. 1963년 10월 22일, 영국 국립극장이 신축 국립극장 개관기념공연으로 〈햄릿〉의 무대를 마련했다. 올리비에가 연출을 맡고, 피터 오툴(Peter O'Toole)이 햄릿 역을 맡았다.

햄릿 역은 데브넌트에서 베터튼으로, 그리고 윌크스, 게릭, 켐블, 킨, 어빙, 배리모어, 에반스, 올리비에, 길거드, 오툴 등 명배우로 전통이 계승되었다. 1642년 이전 공연에 관해서는 알려진 것이 드물고, 현대적

〈햄릿〉 공연은 왕정복고 이후에 시작되었다고 할 수 있다. 왕정복고 시대의 햄릿 상(像)은 복수의 영웅이었다. 당시 대본은 망령의 명령을 기정사실로 인정하고 햄릿의 복수를 정당화하는 대사로 가득 차 있었다. 데브난트와 베터튼이 사용한 대본이 그러했다.

18세기 듀시스(Ducis), 게릭, 휴펠드(Heufeld) 등은 햄릿의 클로디어스 살해는 도덕적으로 정당화될 수 없다고 주장했다. 이들의 대본에는 오필리어와 햄릿이 행운의 결합을 하면서 연극이 끝난다. 당시 이 대본으로 〈햄릿〉 공연이 프랑스 무대에 40년간 올랐다. 휴펠드의 개작 대본도 이와 같았다. 햄릿은 살아남으며, 애통하게 희생된 사람은 아무도 없다. 이 대본으로 〈햄릿〉은 독일 무대를 50년 동안 장악했다. 햄릿의 성격에 대한 의문은 18세기 말에 제기되었고, 1900년 벤슨(F.R.Benson)이 런던 리세움 극장에서 폴리오판으로 6시간 계속된 완판 〈햄릿〉을 무대에 올리면서 현재에 이르기까지 연출가와 배우는 자신의 해석에 따라 대본을 다시 쓰는 작업을 계속하고 있다. 19세기 중반에는 낭만주의 사조에 밀려 〈햄릿〉은 감상주의 작품으로 해석되어 셰익스피어 비극의 본질이 희석되었다. 그러나, 전통적으로 계승되고 있는 〈햄릿〉 작품의 일관된 원칙은 망령의 명령을 왕자가 준수하는 일이었다.

오늘날에도 전 세계 관객들은 〈햄릿〉에 열광하고 있다. 왕자 햄릿에게 공감하고, 그의 행동을 옹호한다. 햄릿은 세계인이 되었다. 〈햄릿〉은 세계사의 흐름과 함께 가고 있다. 셰익스피어는 우리들 이웃이 되었다. 우리는 햄릿을 보고 우리 자신의 모습을 본다. "이상적인 〈햄릿〉은 셰익스피어에 충실하면서도, 동시에 가장 동시대적이어야 한다"는 얀 코트의 말을 우리는 믿는다.

왕자 햄릿에 우리가 공감하는 이유가 있다. 악에 대항하는 그의 투쟁이 정의롭기 때문이다. 그의 도덕적 결단은 그를 악의 징벌자로 만들었고, 그 결과는 그의 죽음이었다. 우리는 선(善)의 낭비에 대해서 무한한 슬픔을 느낀다. 정말이지, 그래도 우리가 놀라며 위안으로 삼는 것은 5막 종결 부분에서 보여준 햄릿의 '변신'이다. 우리는 극의 시초에 악에 대한 그의 분노에 공감했다. 부패한 나라의 도덕적 타락을 지탄하는 왕자의 행동에도 동조했다. 악에 대한 그의 증오심과 클로디어스에 대한 도전은 그의 양심이 촉구한 것이라고 믿었다.

죽음의 유배를 당하는 난국이 그의 앞을 가로막았지만 천행으로 그는 살아서 돌아왔다. 햄릿은 묘지에서 사생관의 철리를 깨닫고 결투장에 나타나서 레어티즈에게 용서와 화해를 간절하게 호소했다. 그의 변신은 종교적으로 구원되는 숭고한 모습이었다. 인간은 위기의 순간마다 자신에게 그 난국이 하느님의 심판인지, 인간의 패배인지 자문하게 된다. 우리는 언제 어디서나 갑자기 밀어닥치는 악몽 같은 시련 속에서 고뇌하고 인내하며 인생을 살아가지만, 그 여로에서 왕자 햄릿을 만나는 일은 더없이 큰 위로가 되고 힘이 된다. 햄릿보다 더 큰 비극이 있을 것인가 싶어서이다.

7. 로렌스 올리비에의 〈햄릿〉 영화

〈햄릿〉 연극을 영화와 비교해서 감상하면 작품 이해에 도움이 된다. 〈햄릿〉은 셰익스피어 작품 중 가장 많이 영화화되었다. 명배우 사라 베르나르가 출연한 1900년의 영화가 최초의 〈햄릿〉 영화였다. 이후 수백 편의 〈햄릿〉 영상물이 전 세계에서 제작되었다. 그중에서 최고의 걸작으로 꼽히는 것이 1948년 로렌스 올리비에가 제작, 감독, 주연한 〈햄릿〉 흑백영화 152분이었다. 올리비에는 1937년 타이론 거스리 연출로 런던의 올드빅 극장과 덴마크의 엘시노에서 〈햄릿〉 무대에 두 번 출연했다. "무대에 서면 그 작품의 사상과 행동이 영원히 자신의 것이 된다"고 말했다.

같은 해에 올리비에는 〈헨리 5세〉와 〈맥베스〉의 주인공으로 무대에 섰다. 1938년 〈오셀로〉, 〈코리올레이너스〉에서 주인공 역할을 하고, 1940년 자신의 연출로 〈로미오와 줄리엣〉에서 로미오 역을 맡았다. 1944~45년, 존 버렐(John Burrell) 연출로 런던과 파리에서 〈리처드 3세〉

세익스피어와 종교 : 〈햄릿〉 격론

에서 글로스터로 등장했다. 1945~46년, 〈헨리 4세 1부〉에서 홋스퍼를, 그리고 〈헨리 4세 2부〉에서 섈로 판사를 했다. 이 시기에 올리비에는 마이클 세인트데니스 연출로 런던과 뉴욕에서 〈오이디푸스 왕〉으로 무대에 서서 세상을 놀라게 했다. 1946년에는 런던의 뉴시어터 극장에서 자신의 연출로 리어 왕으로 출연했다. 1948년, 올리비에는 버렐 연출 작품 〈리처드 3세〉에서 글로스터 역할을 했다. 이런 모든 활동 끝에 1948년, 그는 영화 〈햄릿〉을 세상에 공개했다. 그 작품은 셰익스피어 최고 걸작 영화로 평가받고, 로렌스 올리비에는 감독으로, 배우로 빛나는 업적을 남겼다.

올리비에는 〈햄릿〉을 흑백영화로 만들었다. 흑백의 빛과 그림자는 관객의 감수성과 상상력을 자극한다고 생각했기 때문이다. 영화가 시작되면서 눈길을 끈 것은 엘시노성의 어둡고 침침한 돌계단과 시야를 압도하는 석벽(石壁), 궁정 회의실에 있는 햄릿 왕자의 안락의자다. 카메라는 햄릿의 눈이 되어 궁전 안을 훑으며 지나간다.

"어느 날, 불현듯 영감처럼 〈햄릿〉의 마지막 장면이 떠올랐다. 이 때문에 영화의 개념이 확정되었다"라고 올리비에는 말했다. 그 장면은 계단을 오르며 성탑의 정상으로 가는 햄릿의 장례 행렬이다. 그 성탑은 망령이 나타나서 햄릿에게 복수하라고 명령했던 장소였다. 카메라는 위로 오르는 계단을 따라 계속 따라가며 비추는데 햄릿이 겪게 되는 험준한 일의 과정을 표현하고 있다. 궁정 회의실에 놓인 긴 회의용 테이블을 둘러싸고 충신들이 앉아 있다. 상좌에는 클로디어스 왕과 왕비 거트루드가 자리 잡고 있다. 긴 테이블에서 떨어져서 안락의자에 햄릿이 침통한 얼굴로 앉아 있다. 카메라는 안락의자를 작품이 진행되는 동안 집요하게 비치고 지나간다. 오필리어가 자신을 기억해달라고 로즈마리 꽃가지를 놓고 간 자리도 그 의자였다. 영화 마지막 장면에서 시신을 운구하는 행렬이 지나갈 때도 텅 빈 안락의자를 카메라는 유심히 비치고 지나간다. 관객들은 빈 의자를 보고 햄릿 왕자를 상기하며 가슴이 뭉클해진다.

햄릿 왕자의 독백을 영화는 어떤 방식으로 보여줄 것인가에 대해서 올리비에는 고심에 고심을 거듭했다. 어전회의 후, 거트루드는 햄릿에게 뜨거운 키스를 남기고 왕과 손잡고 퇴장한다. 궁신들이 퇴장하면 햄릿 혼자 안락의자에 남는다. 카메라는 햄릿의 프로필을 접사(接寫)하면서 "아아, 너무나 더럽혀진 육체여, 녹아 흘러 이슬이 되어라…"로 시작되는 독백이 소리와 영상으로 전달된다. 어머니의 성급하고 사악한 결혼을 개탄하는 대사가 흐르는 동안 햄릿은 실내를 이리저리 걸어 다니며 여러 곳에 의혹의 시선을 던진다. '사느냐, 죽느냐…' 독백은 무대의 대사 방식과는 다르게 처리했다. 연극에서는 "수녀원으로 가라!"의 대사 전에 독백이 진행되는데, 영화에서는 그 뒤에 진행된다. 무대에서는 햄릿이 이 독백을 하는 동안 오필리어는 무대 다른 곳에 있는데, 영화에서는 눈물을 쏟으며 쓰러져 있는 오필리어를 남겨두고, 카메라는 계단을 따라 위로 향한다. 그것은 햄릿이 위로 가는 걸음이요, 그가 향하는 시선의 방향이다. 위로 가는 카메라의 눈은 이윽고 하늘에 닿은 후 다시 아래로 내려와서 물결치는 바다에 닿는다. 그 순간, 햄릿의 뒷머리가 화면 가득히 비친다. 그의 시선은 파도치는 바다에 와 있다. 카메라는 햄릿의 얼굴을 화면 전체에 비춘다. 그 순간, 독백의 첫 구절이 발성되고, 햄릿의 전신상이 나타난다. 햄릿은 궁성 탑 꼭대기서 하늘을 배경으로 비스듬히 앉아 있다. 멀리서 파도는 여전히 넘실대고 햄릿은 하늘과 땅 사이에 홀로 하나의 점(点)으로 남아 있다. 햄릿은 자살 충동에 사로잡힌다. "사느냐, 죽느냐…"의 독백이 햄릿 자신의 대사로 전달되고 있다. 그의 엄숙하고 결연한 자세와 읊어대는 시의 리듬은 올리비에 연기의 백미(白眉)로 꼽히고 있다.

연극 무대에서는 과거에 발생한 일을 대사로 전달한다. 부왕의 독살을 전하는 망령, 햄릿의 미친 행동을 아버지 폴로니어스에게 일러바치는 오필리어, 오필리어의 죽음을 알리는 거트루드의 전언, 영국으로 추방된 햄릿이 해상에서 해적을 만난 사건을 호레이쇼에게 편지로 전하는 등 모든 것이 대사로 전달된다. 영화의 경우는 이 모든 사건들을 영상으로 생생하게 전달하고 있다.

올리비에가 만든 〈햄릿〉의 강점은 대사와 영상을 효과적으로 배합해서 사용하고 있다는 점이다. 관객들은 셰익스피어의 황홀한 시의 세계를 귀로 듣고, 카메라 화면으로 볼 수 있다. 선왕 살해 장면의 경우 영상과 대사를 동시에 전달하는 경우가 그것이다. "사느냐, 죽느냐…"의 영화 독백 장면은 대사와 영상의 결합이 만들어내는 위력을 알리고 있다. 자연과 사람과 물체가 어울려서 형상화되는 상징의 세계에 관객들은 저도 모르게 감전되어 빨려든다. 오필리어가 햄릿의 광기를 전하는 장면에서도 오필리어의 표정과 햄릿의 모습은 일순간 같은 장면에서 동시에 '오버랩'되고 있다. 이 장면은 오필리어가 인식하는 햄릿이면서 동시에 오필리어의 배신에 분노하는 햄릿의 모습이 된다. 이런 대조는 극의 진전을 위한 전제조건이요 책략이다. 이 때문에 사랑에서, 분노와 실의로 변하는 햄릿의 변신을 관객은 쉽게 읽을 수 있다.

영화는 이런 결정적 장면의 포착에 너무나 효과적인 수단이 되었다. 올리비에는 그 마술에 경탄했을 것이다. 거트루드의 오필리어 죽음 장면의 묘사도 대사와 영상이 동시에 반영되고 있는 것이 얼마나 효과적인지 알 수 있다. 햄릿이 망령을 만나는 장면은 스릴과 충격을 극대화시킨 영상이다. 영화 제작에서 눈에 띄는 변화 중 한 가지는 로젠크랜츠와 길든스턴 장면의 생략이다. 올리비에는 두 학우(學友)를 죽음으로 모는 원작의 내용을 논리적이며 도덕적인 입장에서 피하고, 왕자의 고귀한 모습과 신중한 행동을 부각시키는 일에만 집중했다. 원작대로 하면 6시간이 소요되는 〈햄릿〉 공연을 2시간 이내로 어떻게 축소하느냐는 문제는 다른 예술가들과 마찬가지로 올리비에를 괴롭힌 문제였다. 올리비에는 달갑게도 영화 기법으로 이 일을 무난히 해결했다.

햄릿의 클로즈업 영상이 멀리 있는 오필리어의 표정과 중첩되면서 둘은 가깝고도 멀리 있고, 사랑하면서도 이별하는 복잡한 관계임을 알리게 된다. 왕과 왕비, 가신들이 둘러앉은 테이블 끝머리에 고립된 채 못마땅한 얼굴로 앉아 있는 햄릿은 비운의 왕자이다. 관객은 첫 장면에서 그의 모습이 뇌리에 각인된다. 부왕의 돌연한 죽음과 왕비의 성급한 결혼으로 햄릿은 미칠 듯이 괴롭다. 덴마크는 그에게 감옥이다.

올리비에는 이 영화에서 햄릿을 우유부단한 왕자가 아니라 르네상스 시대의 기백 넘친 젊은이 상(像)으로 묘사했는데, 그 대표적인 장면이 극중극 장면이다. 극중극은 〈햄릿〉 드라마의 클라이맥스이다. 이른바 플롯의 상승과 하강이 구분되는 분기점이다. 그 장면은 원작이 전하는 복수의 주제를 영상 기법으로 말끔하게 표현한 사례가 된다. 극중극 이후, 클로디어스의 참회 기도 장면에서 카메라가 보여준 손의 영상은 영화만이 달성할 수 있는 성과라고 할 수 있다. 각 장면에서 등장인물의 얼굴 표정이 미묘하게 변하고, 전면으로 클로즈업되는 경우도 영화가 주는 놀라움이요 효과라 할 수 있다. 클로디어스 기도 장면에서 햄릿이 읊어대는 독백은 소리와 영상으로 반반씩 전달되고 있다.

거트루드의 내실 장면은 햄릿과 거트루드의 관계를 알리는 중요한 장면이다. 올리비에는 무대의 경우도 그랬지만, 영화에서도 프로이트의 학설에 따라 이 장면을 제작했다. 거트루드에 대한 햄릿의 언동은 난폭하고 치정(癡情)적이다. 햄릿은 격렬하게 모친을 공박(攻駁)한다. 어머니의 배신에 대한 분노는 '오이디푸스 콤플렉스'의 무의식적 분출이다.

그의 격정적인 행동을 차단한 것은 그의 눈에 비친 망령의 경고였다. 극중극 장면에서 선왕 암살 장면을 관람하던 왕을 공포에 사로잡히게 해서 "불을 밝혀라!" 하는 고함소리에 햄릿은 횃불을 그의 얼굴에 들이대고 공연은 수라장이 되었다. 이후, 마음이 상한 거트루드는 햄릿을 질타하려고 불러들이지만 상황은 역전되었다. 햄릿은 왕비를 "당신"이라는 호칭으로 야하게 부르는 등 그는 광적인 일탈을 개의치 않았다. 햄릿은 왕비를 침대 위에 눕히고 왕비 목에 칼을 들이댄다. 칼은 남성의 외적이며 내적인 몸의 무기다. 무대에서 충분히 전달할 수 없는 급박한 모든 상황을 카메라는 사방으로 이동하면서 접사와 중거리와 먼 거리 초점으로 대화를 보완하는 영상을 효과적으로 펴내고 있다. 다음의 대사를 영상 장면과 비교하면 거트루드를 대하는 햄릿의 무의식이 무엇인지, 올리비에는 그것을 어떻게 표현하고 있는지 알 수 있다.

거트루드	햄릿, 네가 아버지를 심히 언짢게 했다.
햄릿	어머니께서는 제 아버님을 매우 화나게 해드렸죠.
거트루드	너, 그게 무슨 말버릇이냐?
햄릿	어머니 말씀은 또 왜 그렇습니까?
거트루드	어찌된 일이냐?
햄릿	무슨 말씀입니까?
거트루드	너, 나를 잊었느냐?
햄릿	천만에요. 당신은 왕비 마마시죠. 당신 시동생의 아내시고, 또 유감스럽게도 저의 어머니십니다.
거트루드	아, 감당할 수가 없구나. 너를 상대할 사람을 데려와야겠다. (퇴장하려 한다)
햄릿	(팔을 붙들면서) 진정하시고 여기 앉으세요. 거울로 어머님 마음속 깊은 곳을 환히 비춰드릴 테니 꼼짝 말고 계세요.
거트루드	무슨 짓을 하려는 거냐? 너, 나를 죽일 셈이냐? 사람 살려, 사람 살려! (3막 4장, 9-19)

거트루드, 오필리어, 그리고 망령은 햄릿을 몹시 괴롭히고 있다. 햄릿은 레어티즈와의 결투 장면에서 칼을 휘두르며 15피트 아래로 뛰어내려 클로디어스를 살해했다. 너무나 극적인 이 장면은 영화이기에 가능했다. 햄릿은 왜 복수를 지연하면서 자신과 주변의 인물 모두가 죽는 대참사를 초래했는가. 이것이 〈햄릿〉에 관한 풀리지 않는 의문이 되고 있다. 시인 엘리엇(T.S. Eliot)이 말한 "문학의 모나리자"가 되었다. 이 미스터리에 올리비에는 영화를 통해 명쾌한 해답을 주었다.

1900년 사라 베르나르의 〈햄릿〉 영화와 그 이후 계속된 수많은 영화,

그리고 1990년 프랑코 제페렐리(Franco Zeffirelli) 감독이 만든 멜 깁슨의 〈햄릿〉에 이르기까지 모든 영화는 이 불가사의한 의문을 해결하는 일에 도전했다. 올리비에의 해결은 거트루드에게 뜨거운 키스를 퍼붓는 햄릿을 부각시키면서 해답을 주었다. 모자 간의 애정 문제를 제기한 것이다. 거트루드와 햄릿의 관계에 의심을 품은 클로디어스는 신하들의 접견을 중단하고 왕비와 함께 급히 퇴장한다. 한편, 거트루드는 재혼 후 햄릿의 이상한 거동 때문에 정신적 혼란을 겪고 있다.

피터 도널드슨(Peter S. Donaldson)은 그의 논문 「올리비에, 햄릿, 그리고 프로이트」에서 거트루드는 자신의 재혼으로 불거진 도덕적 오점을 햄릿에 대한 성적인 반응으로 해소하려고 한다는 견해를 밝혔다. 거트루드가 왕자를 침실에 불러들이고, 햄릿이 기꺼이 그 부름에 응한 것은 거트루드의 성적 충동과 햄릿의 복수 본능 때문이라고 도널드슨은 분석하고 있다. 망령이 왕자에게 어머니를 괴롭히지 말라는 경고 때문에 햄릿은 과격한 행동을 중단했다. 이 장면에서 올리비에는 분노하고, 질타하며, 슬퍼하며, 애원하는 왕자의 '오이디푸스 콤플렉스'를 실감나게 영상으로 표현했다.

무대에서 볼 수 없는 디테일을 영화는 선명하게 보여준다. 영화는 공간의 상징적 의미를 효과적으로 전달한다. 망령은 엘시노성 외곽에서 서성대고, 왕자는 궁 내부에서 방황한다. 이들 비극적인 부자는 왕비 거트루드의 내실에서 초현실적인 상봉을 한다. 왕자는 망령이 된 부왕과 재혼한 비운의 왕비 사이를 오가는 중간 다리였다. 이 같은 설정은 프로이트를 원용한 어니스트 존스의 이론을 올리비에가 추인(追認)하는 결과가 되었다. 영화 촬영에 앞서 올리비에는 존스를 만나서 경청하고, 그의 책을 들고 섬으로 가서 탐독했다. 감독과 연기를 통해 그는 모자 사이의 애정과 부자 사이의 질투 문제를 파헤쳐나갔다. 복수 지연은 햄릿 왕자의 '오이디푸스 콤플렉스' 때문이라고 올리비에는 단정했다. 〈햄릿〉 영화는 그의 예술적 신념이 거둔 찬란한 업적이다. 피터 도널드 슨은 "이런 주제는 올리비에의 초년 시절과 특별한 연관이 있다"고 지적했다. 햄릿은 부왕과의 관계에서 실패했는데, 올리비에도 이와 비슷한 경우였다. 엄격했던 부친에 거리를 두었던 올리비에는 어머니와 가까이 지냈던 사연을 "로렌스 올리비에—어느 배우의 고백"(1982)에서 실토하고 있다.

제4장

〈햄릿〉의 분석과 해석

1. 역사적 배경과 출처

셰익스피어는 1600년을 고비로 비극 작품에 몰두하게 되었다. 그런 전환의 이유로서 거론되는 쟁점이 정치 사회적 변화, 관객 취향의 변화, 그리고 사생관의 변화 등을 들 수 있다. 〈리처드 3세〉(1597, 출판 등록), 〈헨리 4세〉 2부작(1597~1598, 집필), 〈헨리 5세〉(1598~1599, 집필), 〈줄리어스 시저〉(1599, 집필) 등 역사극 시기를 지난 후, 그는 〈햄릿〉(1601~1602, 집필과 등록), 〈리어 왕〉(1605~1606, 집필), 〈오셀로〉(1604, 공연), 〈코리올레이너스〉(1605~1608, 집필), 〈맥베스〉(1607, 공연) 등에서 권력의 흥망성쇠와 배신, 음모, 암살 등 인간 악의 심연에 도달하는 비극 작품을 연달아 발표했다.

햄릿이라는 이름은 12세기 말, 덴마크의 문인 삭소 그라마티쿠스(Saxo Grammaticus)의 연대기에서 처음 목격된다. 왕자 아믈레트(Amleth)의 슬픈 이야기다. 국왕의 동생(Feng)이 형(King Horwendil)을 살해하고, 영토를 점령한 다음, 왕위를 탈취하고, 왕비(Gerutha)를 차지한 끔찍한 이야기다. 왕자 아믈레트는 천치로 가장하고 부왕의 복수를 노리는데, 숙부는 아름다운 딸을 이용해서 왕자를 공격하려고 했다. 왕비와 아믈레트의 대화를 몰래 엿듣던 왕의 시종을 살해한 왕자는 왕의 공격을 피해 해외로 도주했지만, 다시 돌아와서 숙부를 죽이고, 새로운 왕이 되어 나라를 통치했다는 설화이다.

이 설화는 바이킹 시대의 복수 이야기다. 해적들은 8세기에서 11세기에 유럽 북서지방을 공략한 스칸디나비아(스웨덴, 노르웨이, 덴마크, 아이슬란드) 해적을 지칭한다. 그 세력은 지중해 연안, 북아프리카, 중동, 중앙아시아까지 뻗치고 있었다. 영국인의 조상인 앵글로-색슨(Anglo-Saxon)이나, 주트(Jute, 5~6세기에 영국에 침입한 게르만족)는 영국에 정착하기 전 독일 엘베강 하구나 덴마크에 살고 있었다. 이들이 사는 지역은 한랭다습해서, 그런 기후 때문에 사람들의 성격은 침울하고 과격했다. 그들은 육지에서의 온건한 생업보다는 바다에서의 약탈과 공략을 선호하게 되었고, 장자상속법에 따라 재산을 받지 못한 후손들은 떼를 지어 바다로 나갔다.

지중해를 지배했던 이들의 용맹성을 보고 로마인들은 '바다늑대'라고 부르면서 두려워했다. 북부 프랑스 지방의 노르만족은 1066년 영국 남부지방을 정복하는데, 이들은 바이킹족의 후손들이었다. 11세기에 들어서서 기독교가 노르웨이와 덴마크에 뿌리를 내리기 시작하자 바이킹 시대는 서서히 막을 내리기 시작했다. 〈햄릿〉 5막에 등장하는 해적들도 이와 관련이 있다.

아믈레트 설화는 셰익스피어가 탄생하던 해에 프랑스 이야기 책 속

셰익스피어와 종교 : 〈햄릿〉 격론

에 등장했다. 그리고 한참 후에 그 이야기는 여러 경로를 통해 영국에 전해졌다. 그 가운데서 프랑수아 드 벨포레(Francois de Berlleforest)가 삭소의 연대기에서 찾아낸 아믈레트 설화는 그의 저서 『비극 이야기』(1559)에 나와 있다. 이 책이 『햄릿 이야기』(1608)로 개작되어 영국에서 출판되었다. 셰익스피어가 〈햄릿〉을 쓸 때, 삭소의 설화나 또는 그 설화를 이용한 〈원 햄릿〉은 책에서 영향을 받았을 것으로 추측된다. 셰익스피어가 쓴 〈햄릿〉이 초연되기 10년 전에, 복수극 〈원 햄릿〉은 런던 극장에서 이미 공연되고 있었다.

〈원 햄릿〉 무대에서도 망령이 나타났다. 〈줄리어스 시저〉에서 브루터스는 전투장에서 두 번이나 시저의 망령을 보고 자신의 패배를 예감했다. 〈리처드 3세〉의 경우, 리처드 자신의 손에 의해 살해당한 망령들이 전투 직전에 나타나서 그에게 저주의 말을 퍼붓는다. 이런 불길한 일로 리처드 왕은 전투에서 패배했다. 맥베스의 마음을 흔들어놓은 것은 뱅쿠오의 망령이었다.

〈헨리 6세〉 제2부에서는 영혼을 불러오는 강령술 장면이 나온다. 〈심벨린〉에서는 주인공의 조상 망령이 나타난다. 프로이트는 셰익스피어 망령에 관해서 이렇게 말했다. "음산하고 무섭기는 해도…… 기분이 언짢지는 않다. 셰익스피어는 이들 망령을 현실 세계의 우리들과 똑같이 실재적 인간으로 표현하고 있기 때문이다." 영국 르네상스 시대 연극에서 볼 수 있는 망령의 원천은 세네카의 비극인데, 그 영향 속에서 극작가들은 초자연적인 요소를 극중에 도입했고, 이런 무대에 관객들은 열광했다. 그 대표적인 경우가 토머스 키드(Thoma Kyd, 1558~1594)의 작품 〈스페인 비극〉이다. 이 작품에 등장하는 망령은 극중 사건을 해설하는 코러스 역할도 담당하고 있다. 셰익스피어는 작중인물의 심리상태를 반영하는 연극적 방법으로 망령을 이용했다. 이런 이유 때문에 "셰익스피어의 망령은 연극사에 남는 획기적인 무대기술이었다"고 존 도버 윌슨은 말했다.

〈햄릿〉에서 망령은 작품의 서막을 열었다. 도입부에서 사건의 씨앗을 뿌리고, 관객의 마음을 사로잡는 일을 망령이 했다. 근대과학의 창시자 코페르니쿠스나 케플러 등은 헤르메스(Hermes) 사상을 신봉했다. 헤르메스 사상은 기원전 2세기에서 3세기 동안 이집트의 제사장(무당)들이 기록했던 '헤르메스 문서'에서 발견된 오컬트 철학을 말한다. 오컬트는 '밀교(密敎)'를 뜻한다. 즉 인간의 지혜가 닿을 수 없는 자연의 성질을 말한다. 헤르메스 사상은 점성술과 연금술을 발전시켰고, 신플라톤주의와 결합했는데, 그것은 인간이 우주와 교감하고 소통하며, 영혼은 불멸이라는 사상이었다. 대우주와 소우주인 인간이 하나가 된다는 생각인데, 인간과 우주(신)와의 동화(同化)를 의미한다. 셰익스피어의 글로브 극장은 이 사상에 따라 건립되었다. 무대 한가운데 있는 구멍은 프롬프터가 숨어서 대사를 읽어주는 장소지만, 〈햄릿〉 공연에서는 죽음의 명토(冥土)요, 망령이 출몰하는 공간이었다. 햄릿 선왕이 지하에서 "맹세하라!"라고 고함을 지르는 그곳은 지옥이었다. 천국은 기중기로 천사가 하늘을 오가는 장치로 표현했는데, 무대 천정에는 우주의 별자리가 그려진 천상도(天上圖)가 펼쳐지고 있었다.

1601년, 부친 존이 사망했다. 부친은 9월 8일, 홀리 트리니티교회에 매장되었다. 그해 2월 25일, 에식스 경이 반란죄로 처형되고, 사우샘프턴 백작이 종신형으로 투옥되었다. 1603년 엘리자베스 여왕이 사망하고, 1605년 가이 포크스 의사당 폭파 음모 사건이 세상을 어지럽게 만들었다. 이 모든 일들이 1600년을 전후해서 그의 주변에 일어난 사건들이다. 셰익스피어는 이로 인해 죽음의 문제에 침잠하게 되고, 그의 작품은 자연히 어둡고 처절한 내용으로 가득 차게 되었다. 당시 관객들은 그런 정황에 열광했다.

그 결과로 복수극이 그의 작품에 자리를 잡았다. 〈햄릿〉은 복수극 형식이다. 셰익스피어는 세네카로부터 복수극 기법을 전수 받았다. 세네카(Lucius Annaeus Seneca, 5~4 B.C.~65 A.D.)는 스페인에서 태어나서 로마에서 교육을 받았다. 세네카는 수사학과 철학, 희곡작품으로 명성을 떨쳤다. 네로(Nero)가 서기 54년 황제로 군림하자 그의 가정교사였던 세네카는 로마의 유력한 인사가 되었다. 그는 온갖 영화를 누리다가 네로 황제의 측근에서 배척당해 세상을 비관하고 서기 65년에 자결했다. 그는 생존시에 9개 작품을 남겼다. 〈트로이의 여인〉, 〈메디아〉, 〈오이디푸스〉, 〈페드라〉, 〈티에스테스〉, 〈오이타의 헤라클레스〉, 〈페니키아 여인들〉, 〈아가멤논〉 등이다. 이 모든 작품은 그리스 작품을 모방한 것이었다. 그의 작품이 생존 시에는 공연되지 않았지만, 그의 작품은 희곡으로 남아 르네상스 시대 유럽 여러 나라에 광범위한 영향을 끼쳤다. 특히 셰익스피어에 끼친 영향은 컸다. 세네카 작품의 특징은 다음과 같다. ① 5막극 구조에 코러스 막간극이 있었다. 르네상스 시대는 5막 극이 대세였다. ② 대사의 정교한 수사가 휘황찬란했다. ③ 권선징악, 도덕극의 성격을 지니고 있었다. ④ 잔혹, 공포, 복수극이었다. ⑤ 죽음, 마술, 초인간적 세계를 보여주었다. ⑥ 주인공은 복수를 하지만 비극으로 끝난다. ⑦ 독백, 방백, 측근의 무대기술이 사용되었다.

셰익스피어는 〈햄릿〉 집필 시 세네카의 〈아가멤논〉(1566년 영역), 〈티에스테스〉(1560년에 영역)를 탐독했을 것이라 추측되는데, 극작 기법 측면에서 〈햄릿〉에 끼친 영향을 확인할 수 있다. 르네상스 시대의 관객은 폭력이 난무하는 잔혹스런 복수극과 스펙터클한 장면을 좋아했기 때문에 극작가들은 세네카 비극의 기법을 도입했다. 특히 세네카 비극에 절대적인 영향을 받았던 키드의 〈스페인 비극〉은 궁정정치의 잔혹성을 반영한 작품이었기 때문에 관객들이 선호해서 셰익스피어도 키드처럼 이 길을 갔을 것이다.

2. 르네상스 시대의 마법

비극 〈햄릿〉은 어두운 밤, 망령의 출현으로 극이 시작된다. 문제는 그 유령이 예언적인 메시지를 전달하는 선한 영혼인가, 아니면 악령인가 하는 점이다. 햄릿은 망령이 전달한 이야기를 듣고 진위를 파악하기 위해 극중극을 시도했다. 그 결과 햄릿은 망령이 자신에게 영감을 주어, 현실에 대한 통찰력을 갖게 한다고 판단했다. 제임스 1세는 마술학의 권위로서 마녀의 존재를 믿었다. 제임스 1세가 심취한 마술학은 신플라톤주의자 마르실리오 피치노(Marsilio Ficino)의 '자연마술'이었다. 르네상스 시대의 자연마술은 그 대상을 신과 천사로까지 영역을 확대했다. 햄릿이 망령을 만날 때, 천사의 보호를 기원하는 경우가 바로 이에 해당된다.

마술은 자연마술, 천공계 마술, 의례마술로 분류되었다. 자연마술은 자연철학과 같으며, 자연과학과 중요한 관계를 맺고 있다. 천공계 마술은 점성술과 관련을 맺고 있다. 의례마술은 의례, 주문, 카발라(Cabala)

등을 통해 신과 천사에 접신하는 마술이다. 〈폭풍〉의 프로스페로는 자연마술사의 경우라 할 수 있다. 의학이 병의 원인을 규명하지 못하고 있을 때, 마술적 신앙은 르네상스 시대 사람들에게 큰 힘이 되었다. 대부분의 가정에서는 미신이 널리 퍼져 있었다. 말굽을 문에 걸어두어 악령을 물리치는 일은 흔한 일이었다. 밤마다 찾아오는 요정을 위해 우유가 담긴 주발을 창가에 매달아 놓았다. 그리고 망령과 마녀를 물리치는 부적(符籍)을 창문에 더덕더덕 붙였다.

이런 일은 오랫동안 조상으로부터 이어져 내려온 풍습이었다. 물론 교회는 마술을 퇴치하려고 전력을 다했다. 마을마다, 도시마다 방방곡곡에서 영국의 교회는 악령, 요정, 망령에 대한 믿음은 죄악이요 악마의 선동이라고 외쳐댔다. 그러나 그 외침은 대다수 민중의 귀에는 들리지 않았다. 시골에서는 더욱더 그랬다. 법은 주일마다 예배당 참배를 의무화했지만 이 문제에 관해서는 큰 성과를 얻지 못하고 있었다.

마법은 그리스도 강림 시 동방에서 온 현인의 비술을 뜻한다. 고대 페르시아에서 마술은 우주와 삼라만상의 본질과 기원, 그리고 생명에 관한 최고의 지식이라고 믿었다. 고대의 마법은 일종의 과학으로서 종교와 깊은 관계를 맺고 있었다. 마술을 행하는 실행자는 존경을 받았고, 민심을 좌우했다. 마술사는 병을 고치고, 앞날을 예언하는 초자연적인 기능을 발휘했다. 자연력을 불러내는 수단은 주문인데, 망령 등 영적 존재는 이 주문을 받고 불려 와서 소원을 들었다. 마술사는 '주문을 외는 사람', 즉 '읊어대는' 사람이었다. 엘리자베스 여왕도 밤이면 야음(夜陰)을 타고 템스강을 건너 남안(南岸)의 주술사를 만나러 갔다고 전해진다.

셰익스피어와 종교 : 〈햄릿〉 격론

르네상스 시대, 헤르메스 사상의 영향은 컸다. 코페르니쿠스의 태양 중심설이나 케플러의 법칙, 혈액의 폐순환 발견자 미카엘 세르베투스(1511~1553), 지구가 하나의 자석임을 발견한 윌리엄 길버트(1544~1603) 등도 헤르메스 사상을 과학과 연결시켰다. 천체는 모든 물체에 대해서 자력 같은 작용을 하고 있으며, 마술과 연관된다고 이들은 주장했다. 이처럼 마술은 자연계를 이해하는 과학적 자세였다. 르네상스 시대 사람들은 이성을 존중하면서도, 인간 영혼의 존재를 인정해서 초자연적인 힘을 신봉했다.

〈햄릿〉의 경우 이상한 일은 클로디어스 왕 측근에게는 망령이 보이지 않았다는 사실이다. 선왕을 그리워하고 존경하는 사람에게만 망령이 보였다. 거트루드가 망령을 보지 못한 이유가 된다. 망령의 경우 중요한 것은 보는 사람의 심적 태도였다. 망령의 존재를 믿어야 망령이 보인다는 것이다. 셰익스피어의 경우는 그것이 연극이기 때문에 가능했다. 연극은 가상현실의 세계이기 때문이다.

영국의 역사학자 프랜시스 예이츠(Francis A. Yates)는 1979년 『엘리자베스 시대의 오컬트 철학』이라는 저서를 냈다. 그가 쓴 논문 「셰익스피어의 요정, 마녀, 멜랑콜리」는 햄릿이 망령을 만나고 난 후, 호레이쇼에게 말했던 "우리들 학식으로 이해할 수 없는 일"이란 무엇인가에 대해서 해명하고 있다. 셰익스피어가 작품 활동을 하던 16세기 후반과 17세기 초반은 유럽에서 신플라톤주의와 결부된 오컬트주의가 심한 공격을 받았던 시기가 된다. 신플라톤주의는 플로티노스의 주장에 따라 플라톤 사상이 신비적인 우주 일원론으로 통합되어 신플라톤주의로 발전된 이론이었다. 중세를 거치면서 르네상스 시대에 피치노, 피코, 브루노를 거쳐 이 사상은 보다 더 새로운 플라톤주의로 전파되었다. 예이츠는 르네상스 신플라톤주의에 헤르메스주의가 깊은 영향을 미치고 있으며, 이 사상은 연금술과도 깊은 연관이 있음을 갈파(喝破)한 르네상스 사학자이다.

1600년 이탈리아 르네상스 시대 철학자 조르다노 브루노(Giordano Bruno, 1548~1600)가 화형당한 사건은 영국인들에게 큰 충격을 안겨주었다. 브루노는 도미니크회 수도사였는데 이단자로 배척당해 프랑스와 독일을 방랑하다가 1583년에서 1585년까지 영국에서 지냈다. 그는 이미 교황 피우스 5세와 프랑스 앙리 3세에게 기억술을 전수하고, 독일에 머물고 있을 때, 베네치아의 모세니고(Mocenigo)의 초청을 받고 베네치아에 돌아왔는데, 그에 의해 고발당해 심문을 당하고 처형되었다. 브루노가 기억술을 마술과 종교, 그리고 과학과 연관해서 다루고 있는 점이 특이한데, 당시에는 이런 사상을 종교적으로 이단시했다.

영국에 머물고 있을 때, 그는 필립 시드니와 월터 롤리와 친교를 맺고 엘리자베스 여왕을 접견했으며, 기억술의 시연으로 궁중에서 극진한 대접을 받은 적이 있다. 그는 지동설을 제창한 니콜라우스 코페르니쿠스(Nicolaus Copernicus)의 우주론을 뛰어넘으며 우주의 무한함을 거론하는 자리에서 범신론적인 원리로 움직이는 우주는 생명이 내재된 모나도 단자(單子)로 구성되어 있다고 주장했다. 이 같은 유기적(有機的)이며 일원적(一元的) 우주의 개념은 헤르메스 사상과 밀접한 관계가 있고, 그의 기억술은 이 같은 우주론의 구체적 해명이었다.

예이츠의 저서 『엘리자베스 시대의 오컬트철학』(1979)에서 르네상스 시대를 주도한 철학은 오컬트 철학이라고 주장했다. 예이츠는 저서『아스트레아—16세기 제왕권의 주제』(1975)에서 엘리자베스 여왕을 중심으로 종교개혁을 이룩해서 신교와 구교 간의 충돌을 막고 유럽에 평화를 이룩해야 된다고 주장한 철학자 존 디(John Dee)의 이론을 철저하게 옹호했다. 존 디는 셰익스피어가 알고 있던 위대한 수학자였다. 1570년 간행된 영역판 유클리드『원론』에 기고한 그의 서문은 르네상스 시대 과학자와 수학자에게는 최고의 학술적 지침이 되었다. 그는 카발라주의에 자신의 수(數) 연구를 첨가했다. 그에게 수는 과학기술과 응용과학이었다. 그의 수는 점성술과 연금술에 기초를 두고 있었다.

영국에서 기독교 카발라 개혁운동이 청교도에 전파되어 기독교와 유대교 간의 적대관계를 완화시키는 일에 도움이 되었다. 예이츠는 존 디의 오컬트 철학이 셰익스피어 말년의 작품에 반영되었다고 강조하면서 『셰익스피어 최후의 꿈』(1975)이라는 저서를 발표했다. 예이츠는 〈베니스의 상인〉에서 이 문제를 구체적으로 해명하고 있다. 그의 말을 인용해보자.

베네치아에 있어서의 유대교와 그리스도교의 관계는 이 작품의 주제와 관련을 맺고 있다. 이 극에서 최고로 찬란한 시 구절은 유대교도였지만 지금은 기독교도로 개종해서 로렌조와 결혼한 샤일록의 딸 제시카가 낭군과 함께 베네치아의 별 하늘을 우러러보며 나누는 대사이다.

이 작품의 중심되는 장면은 샤일록이 1파운드의 인육을 요구할 때, 변호사로 변장한 아름다운 포셔에게 그가 공박당하는 법정 장면이다.

정의는 자비심으로 완화되어야 한다고 주장하는 포서의 발언은 구약 성서의 유대교 법이 신약성서의 사랑의 법으로 대치되는 경우라고 해석될 수 있다.

예이츠는 셰익스피어가 프란체스코 지오르지(Francesco Giorgi)의 글 「세계의 조화에 관해서」(1525)와 「성서의 문제」(1536)를 읽고 〈베니스의 상인〉을 집필했다고 지적했다. 지오르지는 카발라가 그리스도의 진리를 증명할 수 있다고 믿었다. 헤브라이어 학자였던 그는 예수가 구세주의 이름이라고 말했다. 그는 르네상스 사상의 중심에 우뚝 서 있었다. 지오르지는 헨리 8세의 이혼을 지지했다. 엘리자베스 여왕도 부친을 옹호한 지오르지에 대해서 호의를 갖게 되었다. 그의 저서가 영국 르네상스 부흥에 영향을 미치면서 복음주의적 개혁 운동이 촉진된 것은 중요한 역사적 사건이 된다. 예이츠는 카발라에 대해서 이런 정의를 내리고 있다.

신이 모세에게 계율을 전한다는 것은 그 계율 속에 감춰진 의미에 대한 전달을 뜻한다. 이런 비교(祕敎)의 전승이 그 일에 관여하는 사람들에 의해 대대로 구전되어 전승되었다. 일종의 신비주의요, 제의에 속하는 것으로서 그것은 신이 인간에게 전한 성서의 본문인 헤브라이어 속에 뿌리를 내리고 있다. 성서 속에 감춰진 의미를 면밀히 연구하면서 신지학(神智學)적 비법이 발달했다. '카발라'는 일종의 종교적 마술에 가까운 종교적 명상의 방법이었다.

1492년, 스페인에서 유대교도들이 추방되었다. 유대교도들의 생활과 문화가 이탈리아, 프랑스, 독일, 터키, 그리고 헨리 7세가 다스리는 영국에 전승되었다. 이들과 함께 카발라가 왔다. 카발라는 그리스도교의 진리를 확증한다고 사람들이 믿었기 때문이다. 카발라가 헤르메스주의 마술 체계 속에 들어왔다. 이 부분에서 유대교와 카발라는 차이점이 있다. 모세에서 시작되는 헤브라이 영지(靈知)와 이집트 신비주의의 창시자 헤르메스 트리스메기스투스(Hermes Trismegistus)에서 유래되는 헤르메스주의적 영지는 기본적으로 유사점이 있다. 헤르메스는 고대 이집트 학문의 신 토트를 뜻한다. 이와 동일시되는 것이 헤르메스 트리스메기스투스가 저자로 알려진 이집트의 종교적 철학서 『헤르메티카』이다.

근년에 이르러 이 책은 고대 이집트 시대 것이 아니라 서기 100년에서 300년 사이 플라토니즘의 영향을 받은 무명의 저자에 의해 집필된 것으로 재해석되어 헤르메스 트리스메기스투스는 실재 인물이 아니라고 판명되었다. 그러나 르네상스 시대에는 실재 인물이라고 믿고 있었다. 우주의 본질과 물질의 재생, 연금술과 결합된 사상으로서 우주를 하나의 통일체로 파악하고 있으며, 그 문서는 기원전으로 소급되는 것이 있어서 구약성서와 신약성서에도 영향을 미치고 있었다는 것이다. 기독교 카발라는 15세기 후반, 르네상스 시대 신플라톤주의를 주창한 마르실리오 피치노와 피코(Pico della Mirandola)를 중심으로 피렌체 메디치 집안 학술 모임에서 시작되었다. 이 모임에 스페인의 카발라가 침투한 것이다. 이후 16세기에 이르러 종교개혁에 영향을 미쳤다. 르네상스 시대 영국에 카발라가 유입된 전말(顚末)에 관해서는 여전히 미해명으로 남아 있다.

중세의 유산으로도 설명이 안 되고, 이탈리아 르네상스로도 해명되지 않는다. 예이츠는 에드먼드 스펜서(Edmund Spenser)를 헤르메스주의와 카발라주의에 입각한 신플라톤주의자로 파악하고 있는데, 그런 이론으로 셰익스피어 작품을 재해석하고 있는 것이 흥미롭고 신선하고, 독창적이다.

3. 햄릿 성격론
— 브래들리의 「셰익스피어 비극론」

19세기 〈햄릿〉 연구는 햄릿의 성격을 논의하며 복수 지연 문제를 집중적으로 다루었다. 매켄지(Mackenzie), 괴테(Goethe), 콜리지(Coleridge), 슐레겔(Schelegel) 등은 햄릿 성격의 문제점은 결단력과 행동력의 부족이라고 주장했다. "고상하고, 순결한 햄릿은 영웅적인 행동을 할 수 없다"라는 괴테의 햄릿론에 동조한 매켄지는 햄릿이 "주변 상황에 쉽게 영향받는 세심한 감성의 소유자"라고 정의했다. 콜리지는 햄릿의 성격을 "지성의 비극"이라고 단정했다. 슐레겔은 콜리지와 의견을 함께하면서 "지나친 사색이 행동을 약화시킨다"고 주장했다. 이들에 이어 햄릿의 성격을 사색적이며 과도한 감성의 소유자라고 판단한 학자들은 트렌치(W.F. Trench), 보아스(F.S. Boas), 체임버스(E.K. Chambers) 등이다. 이들 셰익스피어 학자들은 복수 지연의 '내적 요인설'을 주장했다. 19세기 셰익스피어 비평은 극작가의 시인 기질과 철학자의 측면을 강조하는 경향이 있었다. 이런 비평은 셰익스피어의 작품을 통한 전기적 연구에 비중을 두고 있었다. 작품 자체가 셰익스피어의 정신적 자서전이라는 것이다. 에드워드 다우든(Edward Dowden)의 저서 『셰익스피어 : 그의 정신과 예술에 대한 비평적 연구(1875)』는 이 분야의 대표적인 업적이라 할 수 있다.

20세기 셰익스피어 연구에서 찬란한 업적을 남긴 브래들리는 「셰익스피어 비극론」(1904)을 발표해서 학계의 주목을 끌고 평론 분야에도 큰 영향을 미쳤다. 그의 저서는 낭만주의 비평론의 관점에서 셰익스피어 4대 비극 〈햄릿〉, 〈오셀로〉, 〈리어 왕〉, 〈맥베스〉의 주요 인물에 관한 성격을 해명한 명저였다. 그는 작중인물들의 갈등과 쟁투의 원인은 선과 악의 싸움에서 비롯되었다고 말했다.

선이란 크게 보아 인생의 원리요, 이 세상의 건강이다. 악은 나쁜 모양새로 나타나는 세상의 독이다. 인간은 이 세상에서 악에 맹렬히 저항하며, 악을 물리치는 과정에서 자신의 선을 망가뜨리고 있다.

주인공들의 비극적 죽음은 '선의 낭비'였다고 언급했는데, 관객은 대재난의 비극적 결말을 통해 정신적 보상과 정화(淨化)의 체험을 겪게 되고, 인생의 궁극적인 목적과 의미를 깨닫게 된다는 이른바 아리스토텔레스가 정의한 카타르시스의 경지에 도달하는 것을 강조했다. 데이비드 베빙턴(David Bevington)은 이 상황을 "눈물을 통해 웃는다"라는 말로 적절히 표현했다. 코델리아의 참사나 햄릿의 억울한 죽음은 비극이지만 이들의 정의롭고, 양심적인 행동은 인생의 숭고한 도덕적 지표가 된다고 강조했다.

플레처(Fletcher), 클라인(Klein), 베르더(Werder) 등 학자들은 햄릿이 수임

한 과업 자체가 난제여서 복수가 지연된다고 주장했다. 그 난제란 무엇인가?

① 복수를 하되, 거트루드를 해치지 말아야 하며, 왕실의 근친상간을 종식시켜야 한다.

② 클로디어스는 유능한 스위스 호위병에 둘러싸여 있어서 그의 신변을 공격하기 힘들다.

③ 클로디어스가 부왕을 살해했다는 증거가 부족하다. 망령의 말만으로는 국민을 설득할 수 없다.

④ 클로디어스 살해 시점은 그가 악행을 저지르고 있는 중이어야 한다. 클로디어스 기도 장면 이후에는 사실상 기회가 없었다. 실수로 폴로니어스를 살해해서 햄릿은 영국으로 추방되는 위기에 직면했다.

⑤ 극중극 이후 클로디어스는 자신이 복수의 표적인 것을 알고 경계심을 강화하며 햄릿에 쫓기고 있는 입장에서 햄릿을 쫓는 상황으로 국면이 역전되어 햄릿은 운신의 폭이 줄어들었다.

폴 고트샬크(Paul Gottschalk)는 논문 「햄릿과 복수의 이해」(1973)에서 '외부적 요인론'에 가세했다. "〈햄릿〉의 행동에서 가장 곤혹스런 장면이 클로디어스 기도 장면이다. 절호의 기회였는데 햄릿은 클로디어스를 천당에 보낼 수 없다고 뽑았던 칼을 다시 집어넣었다(3.4.88-96)." 고트샬크는 "햄릿은 잔혹한 야만성을 발휘할 만한 성격이 아니다"라고 단정한 윌리엄 리처드슨(William Richardson)의 저서 『셰익스피어 극중 인물론』

(1785)과 브래들리를 인용하면서 "복수 지연에 대한 햄릿의 무의식적인 변명이 더욱더 확실해진 장면이 기도 장면"이라고 말했다. 브래들리는 비극의 중심은 인물의 성격이라고 규정했다. 비극의 결말에서 우리들이 느끼는 것은 인간의 행위에서 불가피하게 재앙이나 파국이 발생하고, 성격이 그런 일의 원천이 되고 있다는 것이다. 셰익스피어에 있어서 "성격은 운명이다"라는 격언은 살아 있는 진리라고 브래들리는 강조했다. 19세기 셰익스피어 비평은 브래들리가 강조하는 햄릿의 성격론에서 명백히 드러나고 있다. 브래들리는 괴테, 슐레겔, 콜리지의 복수 지연론을 비판하면서 햄릿은 거트루드의 재혼 때문에 생긴 극심한 우울증으로 복수가 지연되었다고 주장했다.

〈햄릿〉의 복수 지연의 원인을 '외부적 요인'과 '내부적 요인'으로 구분해서 해석하고 있지만 사람의 행동요인을 한 가지 측면으로만 단정하는 것은 어렵다. 햄릿의 경우도 그의 성격은 복합적이고 다양하고 의문스런 점이 한두 가지가 아니다. 〈햄릿〉이 지난 수세기 동안 풀리지 않는 수수께끼로 남아서 논란의 대상이 되고 있는 이유가 바로 이 같은 다면적이며 복합적인 성격 때문이다. 우유부단한 지성의 비극으로 해석되던 햄릿의 성격이 20세기 셰익스피어 연구의 성과로 '행동하는 햄릿'의 성격론으로 재해석되었는데, 그 이유는 다음과 같다.

① 햄릿은 방장에 숨은 폴로니어스를 클로디어스라고 생각해서 아무 주저 없이 순식간에 찔러 죽였다.
② 영국으로 향하는 도중, 자신을 죽음으로 몰고 있는 로젠크랜츠와

길든스턴의 정체를 알아내고 햄릿은 순발력 있는 행동으로 그들을 즉각적으로 처단하는 방안을 강구했다.

③ 햄릿은 자신의 적이라고 인정하면 거침없이 상대방에 대해서 독백과 대화, 그리고 행동으로 과감하게 대처했다.

④ 햄릿은 사랑하는 어머니 거트루드의 처신에 대해서 가혹하게 윽박지르며 맹공을 가했다.

⑤ 극중극 장면의 치밀한 준비 과정에서 보여준 햄릿의 민첩한 행동은 복수를 성취할 수 있는 과단성 있는 성격을 드러낸다.

⑥ 오필리어 무덤 속으로 뛰어들면서 햄릿은 거침없이 레어티즈와의 결투를 받아들였다.

⑦ 한밤중, 엘시노 성탑에서 햄릿은 악령이라고 가지 말라는 주변의 만류에도 불구하고 아무런 두려움 없이 망령을 뒤따라가서 상면하고 대화를 나누고, 복수를 맹세했다.

이 모든 상황을 볼 때, '외부요인'보다는 '내부요인'에 더 큰 비중을 두게 되는데 그 이유는 다음과 같다.

① 외부적 상황이 난관이었으면, 햄릿은 주변 인사에게 도움을 청하며 자문을 받았을 것이다. 그런데, 그는 아무에게도 그러지 않았다. 햄릿은 외부적 어려움을 하소연하는 것보다도 내면의 고민을 토로하는 일이 더 많았다.

② 외부적 어려움이 문제였다면, 극중극 이후 그 어려움이 상당 부분 제거되었을 때, 행동을 개시했어야 옳았다. 그러나, 그는 계속

해서 신중한 사색을 거듭하며 암중모색 중이었다.

③ 국민에게 증거를 제시할 필요가 있었다면, 폴로니어스 살해 후, 그는 대국민 발표를 했어야 옳았던데, 하지 않았던 것은 그런 필요성을 느끼지 못했기 때문이다.

④ 레어티즈가 민중 반란을 일으켜서 클로디어스를 공격할 수 있는 것은 햄릿도 할 수 있는 일이다. 셰익스피어가 이 장면을 부각시킨 것은 햄릿의 내면을 중요시했기 때문이다. 레어티즈의 무모한 행동은 햄릿의 내면적 번민을 가중시켰다.

⑤ 햄릿은 선왕과 세대적 차이와 몰이해에서 오는 극심한 갈등을 겪고 있었다.

위에서 제시된 내용은 햄릿의 과업이 결코 어려운 일이 아니라는 것을 말하고 있다. 그럼에도 불구하고 여전히 복수는 지연되고, 햄릿의 내면적 고민은 심화되고 있다. 햄릿은 복수를 의도적으로 늦추고 있는 것이 아닌가라는 의심을 하게 된다. 그 이유는 무엇인가?

4. 극장, 관객, 역사적 배경과 인습
— 역사학파의 햄릿론

20세기 셰익스피어 비평에서 성격론에 반론을 제기한 학파는 역사학파였다. 이들은 셰익스피어 시대의 극장, 관객, 정치 사회적 환경 등의 역사적 배경에 대한 이해가 중요하다고 역설했다. 역사학파 논객들이 주목한 것은 극장인 셰익스피어였다. 옥스퍼드대학교 영문학 교수 월터 롤리(Walter Raleigh)는 심리학에 치중한 낭만주의 비평에 반기를 들고 셰익스피어의 예술적 방법이 관객에 미친 영향을 집중적으로 분석했다. 시인 로버트 브리지스(Robert Bridges)도 이에 가세해서 작품의 일관성을 희생하면서도 셰익스피어는 당시 대중들의 원초적 감성에 호소하는 작품을 창작했다고 주장했다. 독일의 논객 레빈 슈킹(Levin Schucking)은 그의 저서 『셰익스피어 작품의 성격론』(1917, 영역판 1922)에서 셰익스피어는 작품의 구성 문제보다는 생동감 넘치는 극적 효과에 집중한 작가였다고 해명했다. 이들 역사학파는 역사적 관행과 인습을 중시했다. 역사학파를 주도한 학자는 하버드대학교 키트리지(G.L. Kittredge)의 제자였던 미국 학자 스톨(Elmer Edgar Stoll, 1874~1959)이었다. 스톨은『오셀로 : 역사적 비교 연구』(1915)와『햄릿 : 역사적 비교 연구』(1919),『셰익스피어의 예술과 예술적 책략』(1933)에서 도덕, 심리, 그리고 전기(傳記)에 치중한 셰익스피어 비평을 격렬하게 비판했다. 그는 셰익스피어의 작품은 역사적 환경의 소산이라고 주장했다. 셰익스피어 연극의 관행은 극작가와 관객의 관계에서 설정되고 있다고 역설했다. 르네상스 시대의 연극적 관행을 도외시하면 셰익스피어 비평은 낭만주의 이론의 선입관에서 벗어날 수 없다고 말했다.

〈햄릿〉은 복수 지연의 문제만이 아니라 망령이나 '쥐덫' 등 복수극의 인습에 충실했던 보편적인 복수극에 관한 연극이며, 복수 지연은 스토리를 진행시키는 기법이며, 작가 셰익스피어는 역사적 환경의 소산이라고 그는 결론을 내렸다.

이들 유파에 속하는 앨프리드 하베이지(Alfred Harbage)의 관객 연구를 인용하지 않을 수 없다. 그는『그들이 좋아하는 대로』(1947),『셰익스피어와 대항적 전통』(1952)이라는 저서에서 당시 런던의 대중 관객과 엘리트 관객을 분석하고 비교하면서 셰익스피어는 이들 관객의 차이를 유념하면서 작품을 썼기 때문에 인기를 누렸다고 판단했다. 그의 학풍을 이어받은 앤 제날리 쿡(Ann Jennalie Cook)은『셰익스피어의 은혜로운 런던 관객, 1576~1642』(1981)이라는 제목의 저서에서 풍요롭고 잘 소통된 관개의 풍속을 세심하게 관찰했다. 역사학파의 명저들 가운데는, 벤틀리(G.E. Bentley)의『자코비안과 캐롤라인 시대의 무대』(1941~1968), 체임버스(E.K. Chambers)의『엘리자베스 시대의 무대』(1923),『윌리엄 셰익스피어 : 사실과 문제에 관한 연구』(1930), 벤틀리의『셰익스피어와 그의 극장』(1964), 『셰익스피어 시대의 극작가라는 직업』(1971), 볼드윈(T.W. Baldwin)의 『윌리엄 셰익스피어의 별 볼 일 없는 라틴어와 신통치 않은 그리스어 실력』(1944), 『셰익스피어 극단의 조직과 인물』(1927), 그리고 크레이그(Hardin Craig)의 역사주의 연구 업적인 『셰익스피어 해석』(1948)에서 특히 빛나고 있다.

역사학파 연구는 셰익스피어 당시 극장에 관해서 많은 것을 알려주고 있다. 베이커(George Pierce Baker)는 『극작가 셰익스피어의 발전 과정』(1907)에서 월터 롤리의 명맥을 이어가고 있으며, 그랜빌바커는 『셰익스피어 서론』(1930, 1946)에서 극장에서의 체험을 통해 역사학파의 주장을 보완하고 있다. 도버 윌슨은 『햄릿에게 어떤 일이 발생했는가』(1935)와 『폴스타프의 운명』(1943)에서 무대 측면의 문제를 제기했다. 러셀 브라운(John Russel Brown)은 『셰익스피어 작품의 공연』(1966)에서, 존 스타이언(John Styan)은 『셰익스피어의 무대기술』(1967), 마이클 골드먼(Michael Goldman)은 『셰익스피어와 연극의 활력』(1972) 등에서 셰익스피어와 무대의 상관성을 집중 논의했다. 알란 데슨(Alan Dessen)은 『엘리자베스 여왕 시대의 연극과 관찰자의 눈』(1977)에서 무대 기술을 통한 작품의 새로운 해석을 시도했다.

역사학파의 연구는 셰익스피어 극장 무대 구조를 밝히는 일에도 크게 공헌했다. 애덤스(J.C. Adam)의 글로브극장 모델은 어윈 스미스(Irwin Smith)의 『셰익스피어의 글로브극장 : 현대적 재건축』(1956)에서 제시되고 있다. 이는 월터 호지스(C. Walter Hodges)의 『글로브극장 재건』(1953, 1968), 버나드 베커만(Bernard Beckerman)의 『글로브극장의 셰익스피어』(1962,1967), 리처드 호슬리(Richard Hosley)의 『극장과 무대』(1971) 등 저서와 논문에서 비판되고, 재평가되고, 수정 보완되고 있다.

역사학파 연구의 다른 한 줄기는 선배 작가와 동시대 작가를 통한 셰익스피어 작품의 이해가 된다. 윌라드 파넘(Willard Famham)의 저서『엘리자베스 시대 비극의 중세 유산』(1936)은 튜더 왕조 시대 초기의 도덕극을 통한 영국 비극의 발전 과정을 고찰한 내용이다. 매지슨(J.M. Margeson)의『영국 비극의 원천』(1967)은 엘리자베스 여왕 시대의 사상이 비극에 미친 영향을 분석하고 있다. 버나드 스피바크(Bernard Spivack)의『셰익스피어와 악의 상징』(1958)은 이아고, 에드먼드, 리처드 3세 등 도덕극에 등장하는 악당들을 해명하고 있다. 어빙 리브너의『셰익스피어 시대의 영국 사극』(1959, 1965)은 셰익스피어 작품과 영국 사극을 비교 고찰하고 있다. 이 밖에도 역사학파의 명저들이 있다. 글린 위컴(Glynne Wickham)의『셰익스피어의 연극적 전통』(1969), 캠벨(Campbell)의『셰익스피어의 풍자』(1943), 브래드브룩(M. C. Bradbrook)의『엘리자베스 시대 비극의 주제와 인습』(1935). 베델(S. L. Bethell)의『셰익스피어의 대중연극 전통』(1944) 등이다.

또 다른 역사학파 비평 중 관심을 갖게 되는 것은 셰익스피어와 우주론, 철학론, 사회학 정치론 등 시대사상의 문제를 다룬 저서와 논문이다. 우주론을 다룬 최초의 학자는 크레이그(Craig)와 러브조이(A. O. Lovejoy)이다. 전자는『황홀한 유리』(1396), 후자는『위대한 존재의 사슬』(1936)을 출판했다. 틸리야드(E. M. Tillyard)는『엘리자베스 여왕 시대의 세계상』(1943)과『셰익스피어의 역사극』(1944)에서 셰익스피어의 역사의식에 관한 철학적 견해를 밝혔다. 문제는 셰익스피어가 이들이 주장한 엘리자베스 왕조 시대의 질서관(秩序觀)을 작품에서 옹호하고 지원했는가의 여부(與否)였다. 스펜서(Theodore Spencer)는 『셰익스피어와 인간성』(1942)에서 마키아벨리, 몽테뉴, 코페르니쿠스의 사상이 셰익스피어에 미친 영향에 관해서 해명했다. 켈리(Henry A. Kelly)는 『셰익스피어 사극에 나타난 영국 사회의 신의 은총』(1970)에 관해서 당시의 상반되는 정치철학 이론이 작품 속에 어떻게 반영되고 있는지 검토하고 있다. 캠벨(Lily Bess Campbell)은 『셰익스피어의 비극적 인물 : 열정의 노예』(1930)에서 르네상스 시대의 심리를 통해 셰익스피어 비극을 분석했다.

5. 정신분석학적 햄릿론
— 어니스트 존스의 『햄릿과 오이디푸스』

어니스트 존스(Ernest Jones)는 그의 저서 『햄릿과 오이디푸스』(1949)에서 오이디푸스 콤플렉스 문제를 거론했다. 프로이트의 정신분석학파에 속하는 존스는 복수 지연의 난제를 프로이트의 정신분석 방법으로 해명했다. 정신분석학자들의 비평론은 19세기 성격론의 연장이라 할 수 있다. 햄릿의 성격을 논할 때도 이들 학자들은 작품 밖으로 인물을 빼내서 햄릿이 실제 인물이 되어 이 세상에 살고 있는 것처럼 다루고 있다.

그 대표적인 존재가 어니스트 존스이다. 존스는 프로이트의 제자였다. 존스를 위시해서 이들 학파의 입장과 학설은 셰익스피어 연구에 새로운 경지를 열고 대단한 기여를 했다. 심리적 측면의 연구는 작품 속의 특정한 여성에 관해 셰익스피어가 심취하고 있다는 사실을 알려주면서 가족 관계, 성적 도착 문제의 해결에 도전하고 있다. 노먼 브라운(Norman O. Brown)의 책 『죽음에 저항하는 생명 : 정신분석학적 측면에서 본 역사의 의미』(1959), 홀랜드(Norman Holland)의 『정신분석학과 셰익스피어』(1966), 『셰익스피어의 상상력』(1964) 등은 이 분야의 명저로 평가되고 있다.

모든 인간의 행동에는 동기가 있고, 그 동기는 무의식 속에 잠복되어 있다는 것이다. 자신의 정체는 의식의 영역에 위장되어 나타나 있기 때문에, 인간의 진실한 마음을 알기 위해서는 정신분석학 방법으로 무의식의 영역을 탐색해야 한다는 것이다. 인간의 무의식은 "잊고 싶은 기억이나 고통스런 생각을 지니고 있다. 그것은 꿈의 세계와 연결되어 있다. 인간은 그것을 의도적으로 억제하고 있다." 이 말은 정신분석학자 융(C.G. Jung)이 그의 저서 『정신분석 논문집』에서 한 말이다.

프로이트와 어니스트 존스는 햄릿의 복수 지연 문제를 '오이디푸스 콤플렉스'에 입각한 정신분석학 이론으로 해명했다. 햄릿은 어릴 때부터 어머니를 사랑했는데, 처음에는 부왕이, 다음에는 클로디어스가 거트루드를 차지했기 때문에 햄릿은 그들을 시기하며, 죽이고 싶은 증오감을 갖게 되었다는 것이다. 초기에 햄릿이 힘을 잃고 죽음을 명상하며 허무한 상태에 있었던 이유가 바로 이 때문이라고 존스는 주장했다.

이 시점에서 어니스트 존스의 저서 『햄릿과 오이디푸스』는 햄릿 연구의 새로운 지평을 열었다. 존스의 이론은 정신분석학적인 측면에서는 납득이 가지만, 한 가지 점에서 나는 수긍할 수 없다. 그의 말대로라면, 햄릿은 부왕을 질투하고 멸시해야 하는데, 실제로는 그렇지 않다. 말끝마다 부왕을 존경하고 찬양하고 있다. 윌슨 나이트는 그의 명저 『불의 수레바퀴』에서 "클로디어스가 그를 대신해서 부왕을 살해했으면 그를 협조자로 인정했어야 하는데, 그를 부왕과 비교하면서 비난하고 살해한다"고 지적했다. 햄릿의 맹세는 질투심으로 전혀 흐트러짐이 없고 (1.4.42-60/ 1.5.92-112), 다만 햄릿은 "만물의 영장인 인간이 티끌로만 보이는(2.2.303-304)" 염세주의 허무감에 빠져서 이런 심리 상태로는 과감한 행동을 기대할 수 없었다는 것이다.

이런 모든 일들이 존스의 이론을 쉽게 받아들일 수 없게 만든다. 그래서 도달한 나의 의견은 이렇다. 햄릿의 복수 지연은 우울증 등 심리적인 좌절 때문에 생긴 내면적인 이유와 과제 자체의 특수성과 어려움, 주변 상황이 제기하는 외부적인 난관, 그리고 "어머니와 아버지는 남편과 아내요, 남편과 아내는 한 몸"이라는 것을 인정하면서도 어머니에 대한 햄릿의 사랑이 겹친 복합적인 이유 때문에 생긴 일이라 생각된다. 거트루드는 햄릿에 대한 애정을 끊을 수 없었다. 펜싱 결투 때, 거트루드는 땀 닦으라고 햄릿에게 수건을 주고, 그의 건투를 위해 클로디어스가 햄릿에게 주려고 했던 독이 든 술잔을 잘못 알고 마셨다. 거트루드는 죽기 전 마지막 순간에도 혼신의 힘을 다해 클로디어스의 흉계를 고발하고 햄릿의 경계심을 불러일으켰다. 거트루드가 마침내 클로디어스를 거부했던 순간이다. 그 순간은 거트루드가 햄릿에게로 돌아온 순간이요, 햄릿이 복수를 수행할 수 있는 계기가 되었다.

존스에게 제기하는 또 다른 문제점은 거투르드의 근친상간에 관한 것이다. 이 점을 알아보기 위해서는 '내실 장면'과 '극중극 장면'을 검토해야 한다. 극중극 장면은 햄릿과 오필리어와도 연관된다. 극중극 장면에서 거트루드는 햄릿의 의중을 모른 채 즐거운 마음으로 햄릿을 옆에 와서 앉으라고 불러들인다. 햄릿은 그 요청에 싸늘하게 응답하면서 고

개를 흔든다. 햄릿은 '여성의 사랑'은 덧없는 것이라고 오필리어에게 말한다. 햄릿은 거트루드의 치정(癡情) 관계를 비판하면서 왕비의 수치심을 계속 촉발시키려고 한다. 햄릿은 극중의 여인을 보고 "오, 악독한 여인," "아, 저 관계를 끊어야 하는데"라고 왕비가 듣도록 야유 섞인 말을 던진다.

극중극이 난장판으로 끝난 다음 햄릿은 거트루드의 호출을 받고 내실로 간다. 아들이 어머니에 대한 공격이 심해지자 망령이 나타나서 왕자를 견제한다. 그러나 극중극과 그 이후의 일로 거트루드는 참회의 눈물을 흘리고, 햄릿은 영국으로 추방되었다.

그랜빌바커는 저서 『햄릿 서론』에서 강조했다. "어머니에 대한 햄릿의 공격은 모자(母子) 간의 간격을 좁히는 일이었다. 클로디어스는 저주를 받고, 거트루드는 구제되었다." 햄릿의 기본적 자세는 효심(filial piety)이라고 나는 생각한다. 부왕에 대한 질투도 아니고, 어머니에 대한 음심(淫心)도 아니다. 깊은 효성 때문이다. 그리스 문화의 전통을 계승한 서양과 유교를 근간으로 수신제가(修身齊家), 효(孝)를 미덕으로 삼았던 동양은 햄릿을 보는 입장이 이토록 다를 수 있다. 햄릿이 거트루드를 심하게 힐난할 때 다음과 같이 말했다.

> 하느님 앞에서 고백하세요.
> 자신의 과거를 뉘우치세요. 앞으로의 일을 피하세요.
> 잡초에 비료를 뿌려 더 이상 죄악을 퍼뜨리지 마세요.
> 저의 솔직한 진언을 용서하세요.
> 썩어빠진 세상에서는
> 미덕이 악덕에게 용서를 빌어야 합니다. (3.4.151-156)

이런 고언은 가혹하게 들리지만 아들로서의 효성 때문이다(3.4.181). 복수 명령에는 '부패한 덴마크'를 구하고, '빗나간 시대'를 바로잡는 구국의 사명이 조건으로 제시되어 있다. 햄릿의 정신 상태는 때로 과업을 수행할 수 없을 광증 상태이거나, 염세적인 정감으로 병들어 있고, 죽음의 사상에 함몰되어 있었다. 햄릿은 점차 '자기중심적 성격'으로 편향되어 내향적 성격으로 위축된다. 위선과 부정으로 점철된 인간의 난맥상이 햄릿을 혼란에 빠뜨리면서 레어티즈와의 결투 장면에서 "모든 것은 나의 광증이 한 짓이다"라고 시인하고 있다. 이 문제를 어떻게 설명해야 하는가.

시어도어 리츠(Theodore Lidz)는 그의 저서 『햄릿의 적 햄릿의 광증과 신화』에서 햄릿의 '광증'에 관해 중요한 분석을 하고 있다. 그에 따르면, 〈햄릿〉은 광증에 관한 연극이다. 광증은 작중인물들 간에 감도는 환멸의 비애와 절망을 전달하는 셰익스피어의 기법이다. 광증은 결국 자멸적인 행동과 자신들의 파멸을 부른다. 광증은 극의 구조와 주제의 발전에 필수적인 요소이다. 햄릿의 광증이 진정이냐 가장이냐 하는 문제는 그의 성격과 동기에 얽힌 수수께끼로 남는 문제다. "왕자님은 미쳤습니다"(2.2.92)라는 폴로니어스 말을 믿지 않는다 하더라도 햄릿은 광증의 그늘에서 살고 있는 것이 분명하다. 광증의 문제는 작품 이해에 도움을 준다. 광증에 대한 셰익스피어의 입장도 알 수 있다. 〈햄릿〉을 쓰고 있을 때, 셰익스피어는 우울증 문제에 관심을 쏟고 있었다. 이 문제는 당시의 사회적 혼란상과도 연관이 있다. 셰익스피어는 광증에 관해서 몇 가지 알리고 있다. 햄릿의 정신이 혼란스러운 것은 그의 주변 사정 때문이다. 작품 구성의 요건으로서 오필리어 광증과 햄릿의 광증을 병치

(位置)하고 대치(對峙)할 필요가 있다. 오필리어 광증의 원인 속에 햄릿의 고뇌를 알 수 있는 단서가 있다. 두 인물의 광증은 작품의 균형과 통일에 필요하다. 햄릿은 신화나 전설의 주인공으로서 문학의 전통을 계승하고 있다. 셰익스피어는 광증을 가장했던 삭소의 아믈레트 설화와 로마시대 루키우스 브루터스, 폭군 네로의 광증, 어머니를 살해한 오레스테스를 상상하면서 〈햄릿〉을 집필했을 것이다. 광증은 셰익스피어 전 작품에서 볼 수 있는 하나의 성격 패턴이다.

몽테뉴는 그의 『수상집』에서 말했다. "인간 생활에는 허위가 진실이 되고, 진실이 허위가 되는 상황이 곧잘 벌어진다." 광기가 진심이고, 진심이 광기가 되는 상황도 벌어진다. 셰익스피어의 연극에서는 이런 일이 자주 벌어진다. 이른바, 셰익스피어 '광기의 미학'이다. 셰익스피어의 작품에 나타나는 광기는 특별하다. 악으로 인해서 희생된 인물이 악을 물리치는 주인공이 되어 그의 분노를 광기로 폭발시키는 경우가 된다. 이는 세네카 비극의 영향이라 할 수 있는데, 햄릿의 광기가 이 경우에 해당된다. 셰익스피어의 광기는 슬픔과 절망을 전달하는 수단이기도 하며, 플롯 전개의 한 가지 기법이기도 하다. "꾸며낸 광기(crafty madness)"(III,i,5-8)는 햄릿에게 자기 방어의 수단과 정보 탐지의 방편이 되었다. 햄릿의 광기를 보고, 시어도어 리츠는 셰익스피어가 〈햄릿〉을 집필하고 있을 때, 삭소 설화의 주인공 아믈레트와 로마의 네로 황제를 참고했다고 말했다. 그린블랫도 그의 저서 『세상에 나온 윌』에서 햄릿의 광기를 비극의 핵심이라고 생각했다. 햄릿의 자살 충동은 망령의 복수 명령과는 아무런 관계가 없으며 오로지 죽음 자체에 집착한 때문이라고 말했다. 햄릿의 사생(死生)관은 5막 1장, 5막 2장, 그리고 레어티즈의 결투 장면에서 언급되고 있다. "사느냐, 죽느냐…"의 문제는 아들 햄닛의 죽음, 아버지의 죽음, 에식스 백작의 처형, 사우샘프턴의 투옥 등의 사건이 미친 영향이라고 그린블랫은 주장했다. 대단히 설득력 있는 주장이라 할 수 있다. 망령 장면 이전, 햄릿은 "지루하고 멋없고 시시하고, 무익한 세상살이"를 한탄하고 있다. 오필리어 장례식 장면에서 오필리어와 함께 죽겠다고 말하는 것은 꾸며낸 말이 아니라 그의 순수한 광기가 발동된 순간이라 할 수 있다. 클로디어스는 레어티즈에게 "햄릿은 미친 사람이다"라고 말하고, 거트루드도 "광기가 발작해서 소란을 피우고 있다"고 시인했다.

햄릿은 처음부터 울적했다. 엘리자베스 시대에 널리 퍼졌던 우울증의 개념을 알면 작품 이해에 도움이 된다. 우울의 원천적 개념인 아리스토텔레스의 '사체액설'과 '검은 담즙론'이 서구 사회에 널리 퍼져 있었다. 담즙의 체액에 불이 붙으면 영감과 계시에 도달하는 '열광'이 생긴다고 했다. 아리스토텔레스는 이로 인해 예언자와 시인이 탄생한다고 했다. 셰익스피어 시대의 '우울'은 폭넓은 인간사의 개념으로서 광기와 동의어였다. 셰익스피어는 〈한여름 밤의 꿈〉에서 시인과 연인은 광인(狂人)이라고 했다. 셰익스피어와 프로이트는, 우울증은 상실의 아픔에서 온다고 했다. 사랑하는 사람의 죽음은 상실의 충격이요, 상실의 슬픔은 우울증을 낳는다고 했다. 셰익스피어는 여러 작품에서 그런 상황을 극적으로 표현했다. 〈리어 왕〉의 왕과 코델리아, 광인 톰, 에드거, 〈맥베스〉의 맥베스와 레이디 맥베스, 〈당신이 좋으실 대로〉의 우울한

제이퀴즈, 〈겨울 이야기〉의 페리클리즈와 레오티즈, 〈폭풍〉의 프로스페로, 〈햄릿〉에서의 왕자와 오필리어 등 인물들의 우울증은 모두가 상실의 슬픔이 원인이었다. 특히, 햄릿의 우울증은 부친을 잃고 왕위를 박탈당한 슬픔과 어머니의 재혼과 오필리어의 사랑을 잃은 슬픔이 원인이었다.

　셰익스피어 연구의 권위자 브래들리는 햄릿의 우유부단한 행동은 그의 우울증 때문이라고 말했다. 햄릿은 부왕의 망령이 하달한 명령을 받고 기력을 잃은 상태에서 효도나 나라 구제 일은 안중에 없었다고 강조했다. 복수를 못 할 정도의 외적인 장해물은 없었다고도 말했다. 햄릿은 거침없이 폴로니어스를 죽였고, 해적에 쫓기는 급박한 상황에서도 자신의 살해 밀서를 발견하고 문서를 바꿔치기하는 민첩한 행동이 뒤따랐다. 그리고 로젠크랜츠와 길든스턴을 죽음에 몰아넣는 용단을 내렸다. 극중극 준비도 즉각적인 행동이었다. 오필리어의 무덤에 뛰어드는 일이라든가, 겨울 밤 성탑에서 망령 뒤를 따르는 용기도 그의 행동력을 입증하는 사건들이다. 더욱이나, 햄릿은 자신을 배신한 사람에게는 즉각적으로 야유와 경멸의 언사를 퍼부었다. 오필리어, 폴로니어스, 거트루드, 햄릿의 두 친구 등을 그 예로 들 수 있을 것이다. 이 모든 사례는 햄릿이 결단력이 있고, 활동적이며, 강력한 힘의 소유자라는 것을 입증하고 있다. 그러기 때문에 복수를 지연하는 내면적인 다른 이유가 있을 것이라는 추측을 하게 된다.

〈햄릿 4막 5장(왕과 왕비 앞의 오필리어)〉, 벤저민 웨스트(Benjamin West), 1792

　　　　　　　　　　　세익스피어와 종교 : 〈햄릿〉 격론

6. 햄릿에게 어떤 일이 발생했는가

— 도버 윌슨과 에드거 스톨

도버 윌슨의 저서 『햄릿에게 어떤 일이 발생했는가』(1935년 초판, 1951년 3판, 1956년 중쇄)는 햄릿 연구에서 손꼽히는 명저이다. 윌슨은 〈햄릿〉을 엘리자베스 시대의 연극 관행과 그 시대 사람의 시각으로 접근해야 한다고 주장했다. 이런 입장은 에드거 스톨(Elmer Edgar Stoll)의 이론과 일치한다. 미국 미네소타대학교 교수였던 스톨은 브래들리의 성격비평에 반론을 제기하며 역사비평의 토대를 마련했다.

스톨은 비극의 핵심은 인물이 아니고 주변의 '상황'이라고 말했다. 인물과 환경과의 갈등이나 대조가 작품 해석의 쟁점이 된다고 했다. 〈햄릿〉의 경우, 햄릿이 복수 명령을 받고도 복수를 하지 않아도 되는 특별한 '상황'이 작품의 주제가 된다는 것이다. 그것은 플롯의 문제라는 것이다. 복수의 지연은 상황의 어려움이나 변화 때문이지 심리적이며 정신적인 약점 때문이 아니라는 것이다. 스톨은 이 문제에 관해서 간단히 언급하고 있다. "햄릿은 젊어서 죽는다. 복수를 완수한 순간에 죽는다.

죽는 순간에 모든 죄를 전부 자신이 둘러쓴다. 자신이 직면한 세 가지 '상황' 속에 그의 비극이 있다."

윌슨은 엘리자베스 시대 사람들이 친숙했던 단어와 구절을 근거로 해서 극의 구조를 이해하고, 현대인이 놓쳐버린 셰익스피어 작품의 의미를 새롭게 파악할 수 있었다. 그 결과 윌슨은 다음 세 가지를 알아냈다.

① 클로디어스는 햄릿 왕자가 계승할 왕위를 찬탈했다.
② 거트루드의 근친상간은 용납할 수 없다.
③ 망령은 이 작품에서 객관적인 하나의 성격으로 존재한다.

세 번째 주장은 틸리야드(E.M.W. Tillyard)와 윌리엄 엠프슨(William Empson), 프레드슨 바우어스(Fredson Bowers), 그리고 엘리너 프로서(Eleasnor Prossor)에 의해 더욱더 강조되었다. 윌슨은 〈햄릿〉을 해석하기 위해 〈베토벤 교향악 4악장〉을 차용했다. 제1악장은 망령 악장이요, 제1막에 해당된다. 겨울, 한밤중, 성탑에서 두 보초가 교대할 때, 프랜시스코가 바나도에게 한 말을 의미심장하게 받아들여야 한다.

교대해줘서 고마우이. 몹시 춥네. 기분이 언짢아(1.1.5-7).

어둡고, 춥고 외롭고, 침울한 보초의 심리는 바로 덴마크 왕자 햄릿의 심정이다. 〈베토벤 교향악 제1장〉의 제1바이올린의 리듬처럼 작품의 주제를 넌지시 보초를 통해 비치고 있다. 이 주제가 다음 장면으로 파급된다. 나팔소리와 축포가 울려 퍼지는 대관식과 결혼식을 축하하는 자리에 검은 상복을 걸친 왕자가 구석 자리에 외롭게, 침울하게 앉아 있다. 그는 기분이 언짢다. 클로디어스가 연설을 하고 왕비와 함께 퇴장한 후, 텅 빈 궁정에 혼자 남은 햄릿은 제1독백을 한다. 이때, 햄릿의 주제가 명백하게 전달된다. 제2막과 제3막은 극중극까지 포함되는 내용이다. 음악적으로 말하면 스케르초이다. 이 악장은 폴로니어스로 시작된다. 이윽고 호레이쇼의 전언으로 햄릿은 망령을 만나고, 부왕을 클로디어스가 처참하게 암살했다는 사실을 알게 된다. 햄릿은 이 비밀을 지키고 복수의 기회를 잡기 위해 광증을 가장한다.

햄릿의 과업은 어렵다. 복수를 하되 모친 거트루드의 마음을 해치지 않아야 한다. 그리고 그를 괴롭히는 것이 악마의 정체이다. 클로디어스는 햄릿을 의심한다. 햄릿의 광기는 부친의 죽음 때문인가? 조급했던 모친의 결혼 때문인가? 폴로니어스의 추측대로 오필리어에 대한 상사병 때문인가? 햄릿의 진의를 파악하기 위해 왕과 폴로니어스가 방장 뒤에 숨어서 지켜보는 가운데 햄릿과 오필리어의 만남이 이뤄진다. 햄릿은 이미 이들이 숨어서 자신을 엿보고 있다는 것을 알고 있다. 알면서도 이들에 이용당하고 있는 오필리어를 나무라면서 "수녀원으로 가라"고 야유하고 힐책한다. "약한 자여 그대의 이름은 여자이다"라고 한 것도 이때 나온 말이다.

제3막 극중극이 시작된다. 연극 〈햄릿〉은 이 순간 클라이맥스에 도달한다. 망령의 말이 진실로 판명났다. 이제 남은 일은 복수하는 일이다. 햄릿은 클로디어스가 기도하는 장면을 만났다. 절호의 기회였다. 그러나, 그를 사면했다. 클로디어스는 햄릿이 자신의 일을 알고 있다고 의심해서 햄릿을 영국으로 보내 살해할 결심을 한다. 연극은 제3막을 지나 제4막과 종장에 이르는 아다지오 악장이다. 햄릿은 묘지에서 도덕과 철학을 명상하는 초월주의 인간이 되어버렸다. 묘지 장면에서 보여준 삶과 죽음에 대한 생각은 햄릿으로 하여금 인간의 허무한 인생에 깊이 작용하는 운명의 힘을 믿으면서 사랑과 용서의 자비심으로 돌아가게 만들었다. 5막 끝머리에 불어닥친 대재난에도 불구하고 인간의 존엄과 가능성에 대한 신념이 깊어지는 것은 셰익스피어가 햄릿을 통해서 전하는 깨달음 때문이다.

> 인간이란 얼마나 훌륭한 걸작이냐. 숭고한 이성, 무한한 능력, 다양한 모습과 거동, 적절하고 탁월한 행동력, 천사와 같은 이해력, 인간은 하느님을 닮았다고 할 수 있지. 그러나 지상의 아름다움이며, 만물의 영장인 인간이 나에게는 티끌로만 보이는구나. (2.2. 299-304)

그러나 이와는 다른 해석도 있다. "문학의 모나리자 〈햄릿〉"은 셰익스피어의 실패작이라고 T.S. 엘리엇은 단정했다. 그는 〈햄릿〉론에서 그 이유를 다음과 같이 설명했다.

> 〈햄릿〉은 셰익스피어의 걸작이 아니라 실패작이다. 기술적으로도, 사상적으로도 불안정한 작품이다. 〈코리올레이너스〉와 〈안토니와 클레오파트라〉는 셰익스피어의 작품 가운데서 예술적으로 최고의 작품이다. 왜 실패작인지에 관해서는 그 이유를 간단히 설명할 수 없다. 예술의 형식으로 감정을 표현하기 위해서는 '객관적 상관물'을 찾

아내는 방법 이외에는 길이 없다. 다른 말로 한다면, 그 감정을 표시할 수 있는 물건, 정황, 또는 일련의 사건이 필요하다. 우리가 그것을 인식하면서 동시에 우리 마음에 특별한 감정을 환기시키는 힘을 지닌 그런 사물과의 관계이다. 셰익스피어 비극이 성공하고 있는 경우는 감정과 그 대상물과의 정확한 조응(照應) 때문이었다. 이런 관계가 〈햄릿〉에서는 결여되어 있다. 햄릿을 지배하고 있는 감정은 표현할 수 없는 것이고, 그 감정은 자신도 이해할 수 없는 것이며, 객관화할 수도 없는 것이어서 그의 존재를 해치고 행동을 방해하고 있다. 셰익스피어 자신도 이해 못 한 것을 우리가 이해할 수는 없다.

메이너드 맥(Maynard Mack)은 『햄릿의 세계』(1952)에서 햄릿의 성격을 신비, 현실적 감각의 문제, 도덕성 등의 개념으로 규정하고 설명했다. 그는 이에 대한 증거를 햄릿의 언어와 이미저리 패턴 속에서 찾고자 했는데 윌슨 나이트가 시도한 방법을 답습하고 있다. 햄릿의 미스터리는 그의 복수 지연, 광증, 망령과 폴로니어스, 오필리어, 그리고 거트루드와의 관계에서 표현되는 발언에서 확인된다. 거트루드, 오필리어, 클로디어스를 포함해서 햄릿 자신도 수수께끼다. 스퍼존(Caroline F. Spurgeon)은 햄릿 속의 질병과 의상의 이미지로 〈햄릿〉 인물의 성격을 해명하려고 했다. 클로디어스의 독(毒)은 선왕을 죽이고, 덴마크를 병들게 만들고, 햄릿마저 정신병을 앓게 만들고, 거트루드도 병들게 하고 죽음으로 몰았다. 오필리어를 제외하고는 중요 인물 모두가 독약으로 숨진다.

7. 우리들의 동시대인 셰익스피어

— 얀 코트의 햄릿론

얀 코트(Jan Kott)는 1936년, 바르샤바대학교에서 법학을 공부하고, 2차 세계대전 직전 2년간 파리에서 초현실주의 시인들과 어울리며 지냈다. 전쟁 중 그는 폴란드군에서 총을 들었다. 나치 점령하에서는 레지스탕스 운동을 하며 지하신문을 제작했다. 전후에는 문학비평과 연극 평론 활동을 했다. 그는 프랑스 부조리 연극을 번역해서 폴란드 무대에 소개했고, 1951년과 1955년 문학 연구 분야의 공적으로 폴란드국가상을 수상했다. 1964년에 간행된『셰익스피어는 우리들의 동시대인』으로 그는 독일의 헤르다상을 수상했다. 바르샤바대학교 교수 재직 중, 그는 미국 예일대학교(1966)와 캘리포니아대학교(1967)의 객원교수로 초청받고 강연 활동을 했다. 연극은 각성의 예술이요, 사회적 변화의 수단이 되어야 한다고 주장한 그의 저서는 22개국에서 번역 출판되어 큰 반응을 일으켰다. 얀 코트는 셰익스피어 사극의 세계를 "역사의 거대한 악순환의 메커니즘"으로 보았고, 비극 작품에 표현된 세상을 부조리한 실

셰익스피어와 종교 : 〈햄릿〉 격론

존의 세계로 인식했다. 〈햄릿〉을 "광기의 정치"라는 관점에서 분석한 그의 평론은 세계적인 관심을 불러일으켰다. 그의 셰익스피어 연극론은 연출가 피터 브룩에게 영향을 끼치면서 로열 셰익스피어극단 무대에서 1962년 〈리어 왕〉 명작무대로 살아났다.

소련공산당 제20회 대회 이후, 폴란드에서 공연된 〈햄릿〉은 대부분 정치극이었다. "덴마크는 부패했다", "덴마크는 감옥이다"라는 햄릿의 대사가 뜨겁게 달아오를 정도로 당시 폴란드의 정치 상황은 음산하고 비통했다. 얀 코트는 동시대인 셰익스피어를 접하는 시간대를 세 가지 제시했다.

첫째, 〈햄릿〉을 집필한 셰익스피어의 시간이다. 그가 어떤 상황 속에서 작품을 썼는가라는 문제이다. 그는 왕의 총신 에식스와 그의 일파가 반역죄로 처형되는 정치적 광기와 동요를 직접 체험했다.

둘째로, 작품 〈햄릿〉 속의 시간이다. 햄릿 왕자의 엘시노성은 부왕의 돌연한 사망과 클로디어스의 왕위 찬탈, 거트루드 왕비의 근친상간에 망령 출현으로 혼란스럽다. 또한 노르웨이 포틴브라스 왕자의 덴마크 침공 소문으로 시국은 더욱더 불안했다. 결혼도, 사랑도, 우정도 배신의 늪으로 빠져드는 정황으로 인심이 흉흉해지고, 국민들은 의기소침, 위축되고 있다.

셋째로, 작품 〈햄릿〉을 접하는 관객의 시간이다. 폴란드는 집단수용소의 악몽을 겪으며 종전으로 자유로워졌지만 곧이어 냉전과 사회주의 이데올로기의 정치적 억압 속에 묻히고 말았다. 엘시노가 햄릿과 오필리어의 사랑이 불가능한 장소였던 것처럼, 정치범죄가 판을 치는 당시의 폴란드는 사랑과 자비의 장소가 아니었다.

〈햄릿〉은 해면(海綿)과 같다고 얀 코트는 말했다. 〈햄릿〉은 순식간에 우리들 시대의 문제를 빨아들이기 때문이다. 어느 시대나 그 시대의 폴로니어스, 햄릿, 클로디어스, 거트루드, 오필리어, 레어티즈가 존재한다. 폴로니어스는 햄릿에게 무엇을 읽고 있느냐고 물었다. 햄릿 손에 책이 있었기 때문이다. 햄릿이 들고 있는 책은 시대와 나라의 상황에 따라서 달라진다. 20세기 초기, 폴란드 무대에 등장한 햄릿은 폴란드 낭만파 시인이나 니체를 들고 있었다고 얀 코트는 말한다.

1956년 폴란드 무대에 등장한 햄릿은 신문을 들고 있었다. 그는 급변하는 세상에 대처하는 민감한 레지스탕스 청년이었다. 1959년 바르샤바 무대에 등장한 청바지 차림의 햄릿은 사르트르, 카뮈, 카프카를 읽고 고뇌하며 방황하는 세대라고 얀 코트는 말했다.

〈햄릿〉은 잔혹연극이라고 얀 코트는 말했다. 음모를 꾸미고, 싸우고, 죽이고, 미치고, 죄를 짓고, 함정을 파고, 권력을 탐하며 반역을 일삼는 인간들의 드라마라는 것이다. 20세기에 인류는 그 잔혹한 세상을 직접 체험했기 때문이라는 것이다. 이런 주장 때문에 얀 코트는 다분히 비관주의에 기울고 있다. 그런데, 셰익스피어는 이미 그런 세상을 작품에서 보여주고 있다는 것이다. 셰익스피어가 우리의 동시대인이 되는 이유가 된다. 얀 코트는 유대인 학살 집단수용소가 있었던 폴란드 크라코바에서 공연한 〈햄릿〉에 대해서 격노한 발언을 하고 있다.

햄릿의 광기는 꾸민 것이다. 그는 쿠데타를 실행하기 위해, 살기를 머금고 광기의 가면을 쓰고 있다. 정치 그 자체가 미친 짓이다. 모든 인간의 감정과 애정을 파괴할 때, 정치는 보잘 것 없는 광기가 된다. 햄릿은 난폭하고, 분노에 치를 떨며 정신을 잃고 있다. 이것이 제20회 공산당대회 때 보여준 폴란드의 〈햄릿〉이었다.

얀 코트는 이어서 그의 저서에서 말했다.

위대한 극이 막을 내렸다. 무대에 등장한 인물들은 싸우고, 음모를 꾸미고, 서로 죽이고, 사랑 때문에 죄를 범하고, 미쳐버렸다. 그들은 삶과 죽음과 인간의 운명에 관해서 놀라운 말을 남겨놓았다. 그들은 서로 함정을 파고, 그 속에 빠져들었다. 그들은 권력을 사수하든가, 아니면 권력에 반항했다. 그들은 때로 더 좋은 세상을 만들려고 힘쓰거나, 아니면 자신의 안전만을 추구하기도 했다. 그들은 하나같이 무엇인가를 간절히 소망하고 있었다.

그러나 소망하는 일은 쉽게 이뤄지지 않았다. 인간이 저지른 죄는 너무나 컸다. 〈햄릿〉의 종막은 죽음의 침묵이었다. 셰익스피어는 폴란드 사람들의 이웃이 되었지만, 동구권 여러 나라에서는 얀 코트를 경계하고, 위험시해서 그의 입국을 금지했다. 그러나, 얀 코트의 평론은 당대 연극을 흔들어 깨우는 지침이 되었다. 피터 브룩(Peter Brook), 피터 홀(Peter Hall), 데이비드 워너(David Warner), 브레히트(Brecht), 피터 자데크(Peter Zadek), 마이클 보그다노프(Michael Bogdanov), 데이비드 헤어(David Hare), 리처드 윌슨(Richard Wilson) 등 진취적인 연출가들은 그의 이론에 힘입어 언어, 종족, 사상, 관습, 시간, 공간의 장벽을 뛰어넘는 "보편성"과 지역의 "특수성"을 살린 연극으로 새로운 바람을 일으키며 관객을 사로잡았다.

국제연극평론가협회(IATC)는 전 세계 35개 회원국에 2,500명의 회원을 지니고 있는 유네스코 산하 기관이다. 이 단체는 연극의 국제 교류와 연극인 교류를 목적으로 설립되었다. 우리나라는 그동안 집행위원국과, 회장국의 명예를 얻으며 서울에서 국제적인 모임을 주최한 적이 있으며, 그 당시 얀 코트를 초청해서 강연회를 개최했다. IATC는 1986년 얀 코트의『셰익스피어는 우리들의 동시대인』발간 25주년을 기념하는 국제 심포지엄을 런던에서 개최했다. 주제는 "셰익스피어는 여전히 우리들의 동시대인인가?"였다. 이 모임은 얀 코트에 바치는 영예로운 축하의 모임이요, 동시에 셰익스피어 연극평론의 성찰과 새로운 방향 모색의 계기가 되었다. 그 회의록을 당시 IATC 회장 존 엘솜(John Elsom)은『셰익스피어는 여전히 우리들의 동시대인가?』(1989)라는 책으로 엮어서 출판했다.

제5장

셰익스피어와 성서

1. 영국 르네상스 시대의 성서

옥스퍼드의 신학자 존 위클리프(John Wycliffe, 1320?~84)는 1380년과 1400년 사이에 두 가지 판본의 영어 성경을 세상에 내놓았다. 그 성경은 헤브라이어와 그리스어 원전이 아니라 위클리프 성서 이전 4세기에 영국에서 유포된 라틴어 불가타 성서(Latin Vulgate)의 번역본이었다. 위클리프 성서는 셰익스피어가 참고했을 첫 영역본 판본이다. 위클리프 일파는 1381년 이단으로 몰려 처단되었다. 위클리프 성서는 1408년 금서가 되었지만, 시중에서는 여전히 유통되었는데, 영국에서 다시 인쇄된해는 1731년이었고, 완성된 판본이 출판된 해는 1850년이었다.

1526년, 윌리엄 틴들(William Tyndale, 1494/5~1536)이 신약성서를 찍어냈다. 그의 성서는 위클리프 이후 최초의 영역 성서였다. 그는 『에라스무스 그리스어 성서』(2판 1519, 3판 1522)에 의존해서 신약성서를 번역했다. 이 성서는 유럽에서 간행되어 1526년 봄에 영국으로 비밀리에 입수되어 2실링에서 4실링 가격으로 판매되었다.

틴들은 완본 성서 번역을 완성하지 못한 채 체포되어 1536년 화형에 처해졌다. 이후, 계속된 성서 영문 번역은 틴들에 많은 신세를 졌다. 이유는 그의 세련된 영어 문체 때문이다. 그의 영어는 꾸밈없는 단순 소박 선명한 직설적인 문체였다. 그는 단어를 창시하고 문장을 개발했다. 제임스 1세의 신약성서 3분지 1은 틴들의 어법을 답습하고 있으며, 그의 구약성서 번역도 이와 비슷한 경우가 된다.

틴들의 동료였던 마일즈 커버데일(Miles Coverdale, 1488~1568)이 미완으로 끝난 틴들의 성서 작업을 완성했다. 『커버데일 성서』는 영국에서 인쇄된 최초의 영역 성서 완성본이다. 1529년, 틴들의 초청을 받고, 커버데일은 틴들에 협조하면서 8개월간 함부르크에 체재했다.

1534년, 그는 본격적으로 성서 번역에 착수했다. 1535년 10월 4일, 그가 완성한 성서가 유럽에서 인쇄되어 영국으로 수입되었다. 크롬웰은 그의 성서를 보급하는 일에 도움을 주었다. 심지어, 왕비 앤 불린도 그 성서를 소장하고 있었다. 1537년, 이 성서(3판)는 처음으로 왕의 인증을 획득했다. 커버데일은 원저에서 번역한 것이 아니라 라틴어, 독일어, 영어 판본을 참고하면서 번역했다. 그는 탁월한 목사였다. 언어에 대한 리듬 감각이 뛰어났다. 그의 문체는 소리의 효과적인 조율 때문에 부드럽고 멜로디에 넘쳐 있다. 커버데일 성서는 「시편(Psalms)」 번역이 우수했다. 셰익스피어는 「마태복음」 다음으로 「시편」을 가장 많이 인용하고 있다.

커버데일이 성서 작업을 하고 있을 때, 또 다른 판본이 준비되고 있

셰익스피어와 종교 : 〈햄릿〉 격론

었다. 『매튜 성서(Matthew's Bible)』가 안트워프에서 인쇄되어 영국에 수입 되었다. 존 로저스(John Rogers, 1500?~55)는 토머스 매튜(Thomas Matthew)라 는 가명을 썼다. 틴들의 참담한 비극적 운명을 되풀이하고 싶지 않았기 때문이다. 1534년, 로저스는 목사로서 안트워프로 갔다. 그곳에서 틴 들을 만났다. 로저스는 그의 영향을 받고 가톨릭에서 신교로 개종했다. 틴들이 화형되기 전에 그는 틴들이 번역한 일부 원고를 확보했다. 로저 스는 새로 번역할 필요 없이 편집 일만 하면 충분했다. 3분지 2는 틴들 이 이미 번역을 완료했고, 3분지 1은 커버데일이 하면 되는 일이었다. 틴들의 이름으로는 출판을 할 수 없기 때문에 '매튜 성서'로 이름을 바 꾸어 1537년 출판 허가를 받았다. 『매튜 성서』에는 2천 개의 노트가 붙 어 있다. 티들, 루터, 에라스무스, 올리베탄(Olivetan), 부서(Bucer) 등 성서 학자에서 얻어온 것이다. 헨리 8세는 이 성서를 모든 교회에 비치하도 록 지시했다. 앤 불린 왕비가 그렇게 하도록 종용했다고 한다. 로저스는 1553년 8월 16일 체포되었다. 그는 가톨릭교회의 심문을 받고 고초를 겪으면서 결국 사형을 선고받고, 메리 여왕 시대 첫 순교자가 되었다.

1539년, 널리 알려진 『그레이트 바이블』이 출간되기 전, 같은 해에 『태버너 성서』가 세상의 빛을 보았다. 이 성서는 『매튜 바이블』의 개정 판이었다. 리처드 태버너(Richard Taverner, 1505?~1575)는 법률가이면서 저 명한 그리스학자였다. 그는 『매튜 성서』의 구약성서를 개정했다. 틴들-커버데일-매튜-태버너 성서는 『그레이트 바이블』에서 그 영역 성서의 정점에 도달했다. 커버데일이 『그레이트 바이블』 발간에 중추적 역할을 했다. 그러나 『커버데일 성서』는 원전에서 번역하지 않았기 때문에 성서학자들을 만족시키지 못했다. 『매튜 성서』는 각주가 많아서 많은 사람들을 당혹케 했다. 크롬웰은 『그레이트 바이블』을 모든 교회에 비치하라고 목사들에게 권고했다. 1539년 4월에 간행된 『그레이트 바이블』은 1541년에 7판이 발행되었다.

1552년경, 리처드 저그(Richard Jugge)는 『틴들 신약성서』 4절판(개정판)을 발행했다. 이 개정판은 틴들의 순정(純正)판으로 평가되고 있다. 문제는 이 4절판 성서가 틴들의 초판본과 어느 정도 차이가 있는지는 아직도 밝혀지지 않고 있다. 1553년, 메리 여왕이 왕위에 오르자, 신교 탄압이 진행되면서 『매튜 성서』를 발행한 로저스, 크랜머, 휴 라티머(Hugh Latimer), 니콜라스 리들리(Nicholas Ridley) 등이 화형 당하고, 커버데일은 간신히 유럽 대륙으로 몸을 피했다. 메리 여왕 군림 후기 3년 동안에 300여 명이 화형 당하고, 영역 성서 사용이 금지되는 가운데 성서의 공개 분서(焚書)가 행해졌다.

메리 여왕의 핍박을 피해 제네바로 피신한 종교인들―윌리엄 휘팅엄(William Whittingham), 앤서니 길비(Anthony Gilby), 토마스 샘프슨(Thomas Sampson), 커버데일 등이 신약성서 번역 일에 착수했다. 휘팅엄은 중심역할을 했다. 프랑스의 종교개혁자 장 칼뱅(Jean Calvin, 1509~64)은 당시 제네바에서 개혁파 교회를 이끌고 있었는데, 이들 성서 영역 일을 도와주었다. 제네바는 당시 성서 연구의 중심지였다. 프랑스어와 이탈리아어 성서도 그곳에서 번역 작업이 진행 중이었다. 1560년, 『제네바 성서』가 간행되었다. 신약성서였다. 틴들의 1535년판 성서를 기본으로 삼은 성서였다. 베자(Beza)의 라틴어 성서도 크게 참고가 되었다. 그러나 주로 그리스어 원전을 토대로 삼았다. 『제네바 성서』의 구약성서 번역은 『그레이트 바이블』에 크게 의존했다. 프랑스어 『올리베탄(Olivetan) 성서』의 영향도 컸다. 4절판 『제네바 성서』는 청교도들이 선호해서 영국 내에 널리 유포되고 애용되었다. 1611년 『흠정(欽定) 성서』가 출간된 이후에도 『제네바 성서』는 계속 영국민들과 목회자들이 가장 선호하는 성서였다. 셰익스피어 시대의 목사들은 대부분 『제네바 성서』를 예배 때 사용했다. 셰익스피어가 주로 사용하고 인용했던 성서였다.

1561년 엘리자베스 여왕은 존 보들리(John Bodley)에게 7년 동안 이 성서의 독점 출판 허가를 내주었다. 1576년부터 1585년 사이 영국에서 출판된 27회 판 성서 가운데서 20판본은 『제네바 성서』였다. 나머지 7개 판은 『주교 성서』였다. 1576년에서 셰익스피어의 생애가 끝나가는 1611년까지 출간된 92판 성서 가운데서 81개 판본은 『제네바 성서』였다. 나머지 11개 판본은 『비쇼프 바이블』이었다. 『제네바 성서』는 때로는 『The Breeches Bible』이라고 호칭(呼稱)된다. 「창세기」(3.7)에서 아담과 이브가 무화과 잎으로 짧은 바지(breeches)를 만들었기 때문이다. 영국에서 『제네바 성서』 최종판은 1616년 발행되었다. 제임스 1세는 더 이상 영국에서 『제네바 성서』의 사용을 허락하지 않았다. 대신, 유럽 대륙에서는 수천 권의 『제네바 성서』가 출간되어 영국으로 수입되었다. 네덜란드 수도 암스테르담에서 마지막으로 인쇄된 『제네바 성서』는 1644년판이었다. 초판이 발행된 후, 84년의 세월이 흘렀다.

엘리자베스 여왕이 왕위에 오른 1558년, 『그레이트 바이블』은 영국 교회의 공식적인 성서였다. 그러나 『제네바 성서』가 나오자 그 위세가 한풀 꺾였다. 『주교 성서』는 1568년 폴리오판으로 간행되었다. 『제네바 성서』가 아니었으면, 이 성서는 16세기 최고의 성서가 되었을 것이다. 그러나 책의 크기와 무게, 그리고 고가의 책값 때문에 보통 국민은 입수하기 힘든 성서였다. 1576년, 로렌스 톰슨(Lawrence Tomson)이 그 개정판인 『제네바 신약성서』를 간행했다. 그의 성서는 텍스트에 추가된 주석 때문에 중요했다. 그는 베자의 라틴어 신약성서를 따르고 있었다. 칼뱅의 후계자인 시오도어 베자(Theodore Beza)의 주석을 톰슨은 그의 신약성서에 대부분 포함시켰다. 톰슨의 성서는 당대에 큰 인기가 있었다. 1576년에서 셰익스피어의 극작 활동이 끝나는 1612년까지 톰슨 성서는 36판이 발행되었다.

메리 여왕 시대에 망명 신교도들이 『제네바 성서』를 발행했듯이, 엘리자베스 여왕 시대 망명 가톨릭교도들은 1568년 법왕으로부터 성서 번역의 허락을 받았다. 윌리엄 알렌(William Allen)과 리처드 브리스토(Richard Bristow)가 주관해서 번역한 신약성서는 1582년 라임(Rheims)에서 간행되었다. 구약성서는 두 권으로 제본되어 1609~1610년에 두에이(Douay)에서 발행되었다. 이른바 『두에이 구약성서』이다. 셰익스피어는 이 성서에 접근할 수 없었다. 이 성서는 원전이 아니라 라틴어 불가타 성서를 번역한 것이었다. 이 성서는 1611년 『흠정 성서』 번역에도 상당한 영향을 끼쳤다.

이상 소개한 영역성서 가운데서 셰익스피어는 어느 판본을 주로 참고했을 것인가? 수많은 성서 인용 가운데서 한 가지 판본만을 언급할 수 없다. 왜냐하면 튜더 시대 성서는 서로 크게 차이가 나기보다는 서로 유사점이 많기 때문이다. 나시브 샤힌(Naseeb Shaheen)의 노작(勞作) 『셰익스피어 작품 속에 인용된 성서』에서 지적한 작품 속(1,040) 성서 인용문 가운데서 셰익스피어가 면밀하게 참고한 한 가지 판본의 예는 80개 예에 지나지 않는다. 그 밖의 인용 사례는 다른 여러 판본에서 비롯된 것이다. 여러 성서 가운데서 셰익스피어가 가장 많이 참고한 성서는『제네바 성서』이다. 그다음으로 자주 들여다본 판본은『주교 성서』와 『그레이트 바이블』이다.

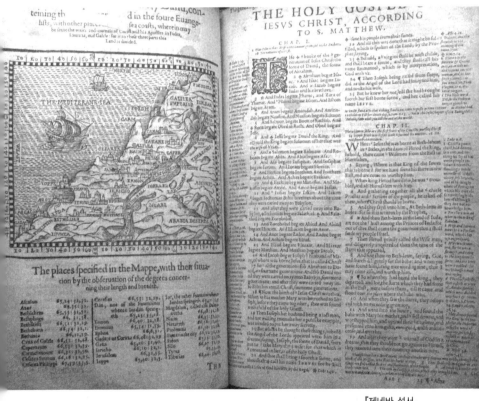

『제네바 성서』

2. 영국 국교의 종교의식

셰익스피어에게 익숙했던 영국국교회의 종교의식은 엘리자베스 여왕이 1558년 왕위에 오를 때 시작되었다. 교회에서의 예배 참례는 여왕의 명령이요, 신하의 의무였다. 1563년, 성직자 회의는 영국 국교의 교리를 39조로 요약했다. 1547년의『설교 제1집』에 이어 두 번째 설교집이 1563년에 추가되었다. 이 설교집은 주일날 교회에서 의무적으로 낭송되었다. 1589년경, 셰익스피어가 작가 생활을 시작했었던 때부터 30년간 이 의식은 계속되었다. 이런 종교적 관행에 관해서 그의 작품은 수없이 언급하고 있다.

영국 국교의 예배는 「일반기도서」에 의존하고 있다. 1549년, 기도서가 사용되기 전에는 라틴어 기도서를 목회자가 사용했다. 크랜머 대주교는 1543년, 영어로 성서를 읽었고, 후에 이것이 '아침 기도'가 되었다. 대주교는 예배시 목회자는 반드시 영어 성서 한 장(章)을 읽도록 지시했다. 신약성서를 읽고 난 후에는 구약성서를 읽도록 했다. 1544년,

셰익스피어와 종교 : 〈햄릿〉 격론

크랜머 대주교는 산문 형식의 영어 탄원 기도문을 작성했다. 영어로 된 글 가운데서 너무나 아름답고 강렬한 산문(散文)의 본보기인 이 기도문은 영국 전역의 교회에서 예배 중에 낭송되었다. 그동안 라틴어로 진행된 예배가 이 의식으로 영어로 거행되는 획기적인 계기가 되었다. 기도서(The Prayer Book)는 성서의 의식적인 낭독을 강조한 탓으로 셰익스피어와 관련이 있다. '예배 의식법'에 따라 아침과 저녁 기도 시간에 「시편」을 한 달에 한 번씩 낭독하고, 신약성서를 일 년에 세 번, 구약성서를 일 년에 한 번 읽도록 예규(禮規)를 정했다.

셰익스피어는 교회 참석을 중요시했기 때문에 성서와 밀접한 관계를 맺고 있었다. 주일과 종교상의 축제일은 교회에 의무적으로 참석해야 했다. 셰익스피어는 그런 의무에 충실했다고 본다. 성서 읽기는 매일 아침과 저녁 기도 시간에 행해졌다. 셰익스피어는 무대 공연 때문에 이 시간에는 교회 참석이 불가능했다. 추밀원(The Privy Council)은 주일날과 종교적 축제일에는 런던과 그 주변 지역에서의 연극 공연을 금지했다. 이 때문에 셰익스피어는 주일날 예배는 참석할 수 있었다고 본다. 교회 참석은 셰익스피어에게 성서의 어떤 부분을 작품에 인용할 것인가를 생각하게 만들어주었을 것이다.

아침 기도 시간은 신에게 자신의 죄를 용서해달라는 성서의 구절을 암송하는 것으로 시작했다. 그다음은 '설교 전 기도'와 고해(告解)였다. 셰익스피어는 작품 속에 고해의 기도를 자주 반영하고 있다. 그다음은 '사죄문'과 '주기도문'이요, 그 후에는 '찬송가' 95편이었다. 성경 공부도 교회에서 시행되었다. 셰익스피어는 그 공부 시간에도 참석했을 것이다. 그러나 셰익스피어의 성경 공부는 반드시 교회 안에서만 이뤄진 것이 아니다. 교회 바깥에서의 별도의 성서 읽기 시간이 있었다고 본다. 『설교집』은 기도서와 함께 셰익스피어 생애에 가장 큰 영향을 미친 책 가운데 하나가 된다.

이 『설교집』은 1547년 7월, 에드워드 6세 치하에서 처음으로 세상의 빛을 보았다. 헨리 8세 서거 후 6개월 후였다. 크랜머 대주교가 이 일을 추진한 주역이었다. 열두 설교집 가운데서 셋(3, 4, 5)은 크랜머 자신이 썼다. 1553년, 에드워드 왕이 서거하기 전부터 열두 설교집은 국민 교육에 부적절하다는 지적이 있었다. 엘리자베스 여왕이 국왕으로 등극하자 개정판 『설교집』이 간행되었다. 두 번째 『설교집』은 1563년에 나왔는데, 20편의 새로운 설교가 추가되었다.

1571년, 세 번째 마지막 『설교집』이 출간되었다. 그 후, 교황 피우스 5세가 엘리자베스 여왕을 파문하는 사건이 발생했다. 이듬해 1571년, 영국을 침범해서 엘리자베스 여왕을 축출하고 스코틀랜드의 메리 여왕을 추대하고 가톨릭교회를 회복하려는 '리돌피 음모' 사건이 발생했다. 이런 일련의 소란 때문에 군주에 복종하는 설교 내용이 더욱더 강화되었다. 북방 지역에서 반란 사건이 발생했을 때 셰익스피어는 6세였다. 그는 아마도 스트랫퍼드 대로를 따라 북쪽으로 행군하는 진압 군대를 보았을 것이다. 셰익스피어 시대 『설교집』은 국민들 간에 널리 알려졌다.

성서, 설교집, 기도문 등은 셰익스피어 시대 가장 많이 알려진 종교 관련 자료집이다. 정부는 국민 통합의 정신적 원천으로 종교의 힘에 의지하고 있었다. 셰익스피어는 설교집을 늘 접하고 있었기 때문에 성서 내용이 작품에 수용되는 일이 많았으며 특히 설교집은 〈햄릿〉에 잘 표현되고 있다. 셰익스피어 시대 설교집은 두 가지 범주에 속한다. ① 주일과 축제일 교회에서 전달되는 것. ② 국내 중요 사건 시에 전달되는 것. 당시 교회는 엄숙하고 근엄한 장소가 아니라, 예배가 진행되면서도 사업상 업무와 시중 여론이 교환되는 공적인 만남의 장소였다. 때로는 혼란스런 불상사가 교회서 벌어지는 경우도 있었다.

성직자의 설교에 반론을 제기하는 일이 발생했다. 기침을 하거나 조롱하고 야유하는 불만의 표출은 흔한 일이었다. 그러나 셰익스피어 시대는 설교의 시대였다. 교회에서 설교보다 더 중한 일은 없었다. 사회적이며 국가적인 모든 사건에는 반드시 설교가 뒤따랐다. 성직자는 항상 설교를 준비하고 있어야 했다. 사람들은 설교를 들으러 몰려들었다.

엘리자베스 여왕 시대 국민은 오락과 모험을 즐겼다. 그런 욕망을 충족시키는 것은 극장 무대만이 아니었다. 교회 집회에서도 그 열기는 지속되었다. 극장에서 펼치는 난동은 잘 알려지고 있었다. 교회 내 소동도 그에 못지않았다. 셰익스피어는 이런 모든 일을 숙지하고 있었다. 엘리자베스 여왕 시대 사람들은 종교열이 뜨거웠다. 그들은 종교에 관해서 토론하기를 즐겼다.

1590~1600년 사이, 설교집 140판이 인쇄되어 출판되었다. 당대에 헨리 스미스(Henry Smith)의 설교집이 유명했다. 1589년부터 1610년 사이 그의 설교집이 83판이나 계속 발행되었다. 셰익스피어는 이들 설교집을 읽거나 들으면서 상당 부분 인용하고 숙고하면서 작품에 영향을 받았을 것이라고 추측된다. 셰익스피어는 그래머스쿨 재학 시절(1571~1578)에 아마도 라틴어 공부에 집중했을 것이다. 이 밖에도 일일 기도와 종교교육은 빠질 수 없는 수업이었다. 칼뱅(Calvin)이나 노웰

(Nowell)의 교리문답 암송은 특히 중요했다. 영어 성서가 셰익스피어 학교 시절의 정규 과정 교재로 사용되지는 않았을 것이라고 나시브 샤힌은 주장하고 있다. 그러나 성서 일부 구절을 수업에서 인용하는 일은 있었을 것이라고 판단했다.

3. 셰익스피어 작품의 성서 인정 기준

셰익스피어 작품에서 발견되는 성서를 인정하는 기준은 무엇인가? 셰익스피어 작품에는 성서에서 인용된 구절이나 또는 성서에서 영감을 얻어서 작성한 구절들이 수없이 발견된다.

클로디어스가 자신의 범죄는 "인류 최초의 저주를 받은 형제 살인 죄"(3.3.37)라고 말할 때, 그는 아벨을 살해한 카인의 성서 구절을 말하고 있다. "참새 한 마리 떨어져도 하나님 뜻이다"(5.2.207~208)라는 햄릿의 대사는 "너희 삶 전체를 그 손에 붙잡고 계시는 하나님만 두려워하면 된다"라는 「마태복음」 10장 29절의 예수님 말씀과도 같다. 셰익스피어는 태버너, 저그, 제네바, 톰슨 그리고 라임 성서를 주로 참고했다. 이 모든 성서는 "하나님이 관장하지 않으시면 참새 한 마리 땅에 떨어지지 않는다"라고 전했다. 다른 성서들, 예컨대 틴들, 커버데일, 매튜, 그레이트 바이블, 주교 성서 등은 "sparrow cannot light on the ground"라고 적었다. 이 경우에는 셰익스피어가 『제네바 성서』를 참고했다고 서지학자 샤힌(Shaheen)은 언급했다.

　직접적인 인용이 아니더라도 셰익스피어의 작품에 성서의 뜻이나 성서에 관한 암시가 자신도 모르게 무의식적으로 반영되는 경우도 있을 수 있다.

4. 〈햄릿〉과 성서 (1)

셰익스피어가 접했던 벨포레의 아믈레트 설화에는 성서의 인물과 사건이 묘사되고 있다. 셰익스피어는 그로부터 성서를 인용하지 않고 있지만, 3막 4장 173-175에서 폴로니어스의 시체를 가리키며 햄릿은 자신이 정의를 실천하는 "응징과 징벌 대행자"라는 의미심장한 말을 한다.

저도 후회합니다. 그러나 하늘의 뜻입니다
하느님은 이것으로 저에게 벌을 주시고,
이자를 징벌하는 대행자가 되게 했습니다.

그리고 5막 2장 384-385에서 호레이쇼가 포틴브라스 면전에서 한 대사는 벨포레에서 유래한 것이라는 견해도 있다. 키토(H.D.F. Kitto)는 「햄릿론」에서 "이 한 구절로 보아 〈햄릿〉은 정통 그리스 비극을 이어받은 종교극"이라고 말했다. 이 구절은 망령의 복수 명령만으로도 햄릿이 신의 대리인으로서 클로디어스의 징벌 대리인이 될 수 있다는 뜻으로 해석된다. 그러나, 문제는 엘리자베스 시대 관객들이 햄릿을 폴로니어스 살해범으로 지목하면서 클로디어스를 몰래 죽이는 일은 사회적 정의를 위반하는 일이라고 본다는 사실이다. 이런 미묘한 상황 때문에 복수는 지연되고 햄릿은 번민하고 있었다. 그러나 망령은 신의 지시로 지상에 나타났다. 이 때문에 햄릿은 망령의 명령으로 클로디어스를 징벌하는 신의 대리인이 될 수 있었다. 관객들은 햄릿의 이런 측면도 받아들이고 있었다.

간계가 벗어나서
모사꾼들 머리위에 거꾸로 화가 미친 내력을
몽땅 털어놓겠습니다.

셰익스피어가 주로 참고한 것은 〈원 햄릿(Ur-Hamlet)〉이라고 알려져 있다. 이 대본은 1590년대 셰익스피어 극단의 레퍼토리였기 때문이다. 셰익스피어는 극작가 키드의 〈스페인 비극〉을 참고했다고 알려져 있다. 이 작품에는 종교적인 이미지가 발견되는데, 1592년 판에 7개 장면이 있고, 1602년 판에는 유다(Judas)의 한 장면이 추가되었다. 〈스페인 비극〉에서 셰익스피어가 성서를 재인용했다고 확인되는 구절(3막 4장 64-65)은 햄릿이 거트루드를 향해 부왕과 클로디어스를 비교하는 장면인데 「창세기」 4장 8절을 연상케 한다.

해충에 병든 보리 이삭 같아서

건강하게 자란 형님 이삭을 말라죽게 한다.

〈원 햄릿〉은 셰익스피어만이 아니라 〈안토니오의 복수〉를 쓴 존 마스턴(John Marston)에게도 중요한 원천적 자료가 되었다. 마스턴의 작품에 망령 장면이 있는데, 망령으로 나타난 부왕은 자신의 독살을 왕자에게 알리면서 엄중한 복수를 명령한다. 망령은 또한 자신의 왕비가 살인자와 결혼하는 일을 개탄하고 있다. 왕자는 이로 인해 극심한 우울증으로 미친 사람처럼 행동한다. 살인자를 응징할 수 있는 기회가 왔어도 이를 놓치고 있는 왕자에 대해서 망령은 왕비의 내실 장면에 나타나서 왕자의 복수심을 부추긴다. 이런 장면을 보면 셰익스피어의 〈햄릿〉과 마스턴의 작품은 유사하지만, 문체의 차이는 극심하고, 상호간 의존도는 〈원 햄릿〉의 경우보다 훨씬 낮다고 할 수 있다. 마스턴은 성서에서 여덟 개의 장면을 인용하고 있는데, 셰익스피어의 성서 인용과는 그 내용이 전혀 다르다. 내용이 같으면 두 작가의 〈원 햄릿〉 성서 인용을 인정할 수 있는데, 그렇지 않기 때문에 셰익스피어의 성서 인용은 마스턴과는 다른 맥락에서 이뤄졌다고 추론할 수 있다.

〈햄릿〉을 보면 셰익스피어는 설교집(Homilies)에 크게 의존하고 있음을 알 수 있다. 작품의 내용 중 1,2,135; 1,2,146; 1,3,20~24; 3,1,58; 3,1,142~46; 3,3,8-23; 5,2,359~60 등 여러 장면은 이를 말해주고 있다. 셰익스피어가 기도집을 참고한 경우도 여러 장면에서 볼 수 있다.

다음은 셰익스피어가 〈햄릿〉 작품에 인용한 성서의 내용이다. (작품

인용에 사용한 셰익스피어 전집은 *The Riverside Shakespeare*(Houghton Mifflin Company, Boston, 1974)이다. 이 전집은 하버드대학교의 에반스(G. Blakemore Evans) 교수가 텍스트를 편집하고 레빈(Harry Levin), 베이커(Herschel Baker), 바튼(Anne Barton), 커모드(Frank Kermode), 스미스(Hallet Smith), 에델(Marie Edel) 교수 등이 작품 해설을 맡았다. 샤터크(Charles H. Shattuck) 교수는 공연 부분을 집필했다.)

　　눈에 박힌 가시처럼 우리를 괴롭히네.(1,1, 112)

　　그대 눈에 박힌 가시를 **빼내어라**.(누가복음 6 : 42)
　　형제 눈에 박힌 가시를 보고, 네 눈의 대들보는 왜 보지 못하느냐?
　(마태복음 7 : 3,)

　위 대사는 경비병 바나도가 망령을 보고 전쟁의 예감을 전하는 말에 대해서 호레이쇼가 한 말이다. "눈에 박힌 가시"처럼 망령이 자신들을 괴롭히고 있다는 것이다. 실상 호레이쇼의 전언을 듣고 햄릿 왕자는 깊은 수심에 빠진다. 어머니 거트루드의 성급하고 사악한 결혼까지 겹쳐 그는 마냥 우울하고 미칠 것만 같다. 햄릿도 호레이쇼도 망령이 국가적 재난의 전조인 듯해서 극도로 긴장하고 있다. 사실상, 망령의 출현은 호레이쇼가 예측한 대로 운명적 재앙의 서곡이었다. 햄릿 개인으로나, 나라 전체로나 종말적 위기였다.

　더욱더 중요한 것은 이 대사가 '판단'의 문제를 제기하고 있는 점이다. 자신도 잘못이 있으면서 남의 잘못을 함부로 판단하지 말라는 것이다(누가복음 6 : 37-38, 41-42). "위선자여, 자신의 눈에서 대들보를 제거하라" 하는 엄명이 있기 때문이다. 복수를 금한다든가(누가복음 6. 29-30), "적을 사랑하라"는 성서(누가복음, 6.27-28/ 32-36)의 가르침 "love your enemies"에 위배되는 일이기 때문이다. 셰익스피어 시대의 이런 종교적 계율 때문에 햄릿은 망령이 지시한 과업으로 심신이 짓눌리고 기력을 잃고 있다. 망령이 지시한 과업은 극이 전개되는 동기요, 갈등의 모태이다. 이로 인해 사건의 씨앗이 뿌려진 것이다. 셰익스피어는 〈줄리어스 시저〉를, 〈햄릿〉을 집필하기 2년 전에 완성했다. 그는 〈줄리어스 시저〉에서 "거지가 죽으면 혜성이 나타나지 않는다"(2.2.30)라고 했는데, 이런 묘사는 "시저의 죽음으로 초자연적인 징후가 나타난다"는 플루타르크 영웅전의 특이한 수사(修辭)의 원용(援用)으로서, 중요한 것은 그것이 비극 시대에 접어든 셰익스피어의 종말론적인 역사관을 반영하고 있지 않는가라는 점이다. 연극은 망령의 처절한 호소로 시작된다,

> 잠자는 동안 동생의 손에 목숨도 왕관도 왕비마저도 일시에 빼앗긴 나는 죄업이 한창일 때 명이 다한 탓에 성찬의 예식도 받지 못하고 임종의 성유도, 최후의 기도도, 참회도 없이 하느님 앞에 끌려나가 심판을 받기에 이르렀다. 오, 무서운 일이다! 무서운 일이다! 정말로 무서운 일이다! (1. 5. 74-80)

호레이쇼가 의미심장하게 드러내는 불안한 예감은 극의 마지막에 이르러 중요 인물 8명이 모두 비참하게 사멸하는 '파국'의 종교적 의미를 인지하지 않을 수 없다.

하늘의 별은 화염의 꼬리를 나부끼고, 핏빛 이슬이 내렸으며, 태양에 이변이 생기고, 썰물과 밀물이 오가는 바다의 지배자 달도 말세가 온 듯 병들어 사그라졌지. 이 망령도 그때와 똑같은 재난의 전조인데 다가오는 운명을 미리 알리는 재앙의 서곡이며, 하늘과 땅이 함께 이 나라 백성들에게 보여주는 흉조가 아닌가 생각되네. (1.1.117-125)

이 구절과 「요한계시록」(18 : 2-3)을 비교해보면,

무너졌다. 무너졌다. 위대한 도시 바빌론이. 그곳은 악귀들 자리가 되었네.

온갖 악령들이 지배하는 소굴이 되었네. 온갖 더러운 새들의 둥지 되었네.

온갖 더러운 짐승들 소굴이 되었네.

온 백성들이 노여움을 일으키는 그녀의 음탕한 행동의 포도주 마시고, 지상의 왕들은 그녀와 음란행위를 하고, 지상의 상인들은 그녀의 호화스런 사치로 돈을 벌었기 때문이네.

또한 「마태복음」(24 : 29)을 보면,

그 괴로운 시간들이 지나면, 해는 어두워지고, 달은 흐려지고, 별들은 하늘에서 떨어지고, 우주의 세력들은 떨 것이다.

「누가복음」(21 : 25-26)을 보면,

마치 지옥이 온통 풀려난 것처럼 보일 것이다. 해와 달과 별과 땅과 바다가 요란하여, 온 세상 모든 사람이 공포에 질릴 것이다. 파멸의 위협 앞에서 사람들의 숨이 막히고, 권력자들은 두려워 떨 것이다.

그리고 「마가복음」(13 : 24-25), 「요엘」(2 : 30-31), 「이사야」(13 : 10), 「요한계시록」(6 : 12) 등을 보면, 호레이쇼가 언급한 인간 종말은 성서에서 인용된 것임을 알 수 있다. 햄릿의 다음의 독백을 보자.

> 아, 신이여, 신이여!
> 지루하고, 멋없고, 시시하고 무익한 세상살이!
> 아아, 지긋지긋하다. 황폐한 뜰, 잡초만이 무성한
> 더럽고 천박하고 거친 세상, 아아, 이렇게 되다니.(1.2. 133-136)

「전도서」(1 : 2-5)와 이 대사를 비교해보자.

> 아, 허무하고, 허무하다,
> 얼마나 허무한가, 모든 것은 허무하다.
> 태양 아래서 인간은 고생을 하지만,
> 이 모든 노고는 무엇이란 말인가?
> 한 세대가 지나가면, 또 다른 세대가 오고
> 땅은 영원히 남는다.
> 태양은 떠오르고, 태양은 지지만,
> 떠오른 자리에 다시 돌아간다.

「전도서」의 주제는 인생의 고달픔과 허무함이다. 셰익스피어는 〈햄릿〉을 쓸 때 이런 내용을 읽으면서 작품에 반영한 듯싶다. 「전도서」는 종교개혁 이전에는 솔로몬의 작품이라고 믿어졌는데, 마르틴 루터 이후에는 포수 귀환이 있은 후(기원전 400~200)에 작성되었다고 판명되었다. 「전도서」에는 스토아파의 염세주의와 에피쿠로스파의 쾌락주의적 내용이 가득 담겨 있다. 그러나, 전도자가 전하고 있는 핵심은 일상생활에 있어서의 부조리와 불합리의 문제를 어떻게 극복할 것인가의 문제가 된다. 전도자는 신의 존재를 믿고 있지만 신의 은밀한 계획을 알 수 없다는 비관론을 펼치고 있다. 그는 인생의 "모든 것은 허무한 일"이라고 한탄하면서, "신이 행하는 일을 처음서부터 끝까지 확인할 수 없다"(3 : 11)고 전하고 있다. 그래서 신이 계시하는 자연과 역사(1 : 3-11), 지혜(1 : 12-18), 쾌락과 부귀영화와 권력(2 : 1-11)도 아무런 위안이 되지 못한다. 인생은 의문투성이고, 가시밭길이요, 고통의 연속이며, 아무런 해결도 없다. 오로지 죽음이었다. 그래도, 「전도서」는 "신을 두려워하고, 신의 계율에 복종"(12장 13-14)하는 신앙심을 역설하고 있다.

5. 〈햄릿〉과 성서 (2)

신은 세상을 창조하고 의미를 부여했다. 인간은 고난을 겪으며 죽음 (전도서 2 : 14-21, 3 : 18-21, 5 : 15-17, 8 : 8-9)에 직면한다. 그러나, 최후의 순간까지 신앙의 힘으로 신이 계획하신 각자의 역할 속에서 삶의 의미와 진리를 찾도록 노력해야 한다. 이것이 「전도서」의 일관된 내용이다. 문제는 신의 계획 속에서 자신이 하는 역할이 무엇인가를 깨닫는 일이다. 신의 영광을 수렴하고 표현하는 일을 햄릿은 하고 있는가? 「전도서」의 내용을 보고 햄릿의 행동과 비교해볼 수 있다.

1. 서론. 표제와 주제(1 : 1-2)
2. 허무사상(1 : 2-3)
   (1) 자연과 역사 (1 : 3-11)
   (2) 지혜(1 : 12-18)
   (3) 쾌락(2 : 1-11)

〈햄릿〉 초장, 호레이쇼의 대사에서 우리는 종말론을 인식하게 된다. 종말론의 어의(語義)는 에스카토스(종말)와 로고스(언어)에서 유래한 영어 'Eschatology'로서 기독교 신학에서는 "종말에 관한 가르침"이 된다. 종말론은 개인 종말론과 세계 종말론의 두 측면에서 논의되고 있다. 전자의 경우는 개인의 시간적 죽음, 영혼의 불멸, 죽음에서 부활에 이르는 중간 상태를 대상으로 삼으며, 후자의 경우에는 세계 종말의 징후, 그리스도의 재림, 사자의 부활, 최후의 심판, 신천지의 완성과 천년왕국을 다루고 있다.

성서의 종말론은 (1) 현재적 측면(요한복음 3 : 15, 18 : 36, 5 : 24/ 에스겔 7 : 1-27)과 (2) 미래적 측면(요한계시록 19 : 11), (3) 초월적 측면(누가복음 23 : 43, 고린도후서 5 : 8, 빌립보서 1 : 23)에 나타나 있다. 인간은 종말론에 빠져들 때 희망을 잃고 비극으로 전락한다. 죽음으로 모든 것이 끝나는 자멸감에 사로잡힌다. 자신의 존재에 대한 의문, 목표의 상실 때문에 죽음의 공포와 그 환란에서 벗어나려고 죽음을 애써 미화하려고 한다.

실제로 종말론은 이스라엘의 하나님 신앙에서 유래하는 종교적 확신이었다. 구약성서는 전체적으로 이 같은 종말론적 성격과 전망을 명확히 하고 있다. 구약에서 신은 아브람함에게 '축복을 약속하는 신'이었다(창세기 12 : 1-3). 구약의 신은 이스라엘 백성에게 강림하는 신이었다. 이집트에서 고투(苦鬪)하는 이스라엘 백성을 구출하러 오신 신이었다. 그이후에도 이스라엘 역사 속에 군림하시어 최후에는 악한 자를 심판하시고, 선한 자를 자신의 왕국으로 인도하는 자비로운 신이었다(신명기 33 : 2, 시편 98 : 8-9, 미가 1 : 3-4, 사가랴 14 : 3-4). 이상의 신앙 기록은 이스라엘 백성을 구출하기 위해(창세기 3 : 15, 신명기 18 : 18 : 15, 사무엘하 7 : 12-13, 시편 110 : 4, 이사야 14 : 53) 메시아(다니엘 7 : 13-14)가 내림(來臨)하는 미래적 희망을 전하고 있다. 인간의 죄로 인해 이스라엘 땅에 하느님 나라는 현실적으로 실현되지 않고 있었다. 예언자들은 하느님의 왕국이 완전히 실현되는 날을 예언하고 있었다(다니엘 2장).

신약성서는 어떤가. 성령으로 인한 예수 그리스도의 수태는 구약이 약속한 메시아의 출현이었다(마태복음 1 : 20-30). 신약시대 사람들은 신의 지배가 시작되는 '종말'의 역사 속에 성령이 내린 것을 알게 되었다(마태복음 12 : 28. 누가복음 4 : 18-21. 골로새서 1 : 13. 히브리서 6 : 5). 구약의 희망은 성취되었으나, 그 완성은 그리스도의 재림일이라고 생각했다. 그것은 다음 세상에 속하는 일이었다. 세계는 창조신앙의 교리에 따라 역사는 신의 관계에서 다루어진다. 역사는 신의 목적과 계획의 전개과정이라고 인식되었다.

신은 역사의 주인이시다. 신은 만물을 다스리고(시편 103 : 19), 제국을 지배한다(열왕기하 20 : 6). 따라서 역사는 의미와 방향을 갖고 있다(사도행전 17 : 26). 신의 지배는 신의 적인 사탄, 죄, 죽음 등의 파괴와 정복(요한계시록 20 : 10, 14-15)을 의미한다. 역사는 선과 악의 투쟁이라는 것이 기독교적 역사관이다. 신의 왕국은 악령의 추방(마태복음 12 : 28), 사탄의 추락(누가복음 10 : 18), 예수와 그 사도들의 기적(마태복음 11 : 4-5), 죄의 용서와 구제(이사야 33 : 24. 예레미야 31 : 34)로 입증된다. 예수는 악마와 죽음을 멸하게 하고, 생명과 불멸을 명확히 보여주며, '최후의 것'과 '앞으로 실현되는 세상의 힘'(히브리서 6 : 5)을 알렸다.

6. 〈햄릿〉과 성서 (3)

　세계 역사를 보면 그리스도의 재림은 실현되지 않았다. 그래서 종말론이 제기되었다. 사도 바울의 편지에서 움트고 「요한계시록」에서 전개된 종말론은 종교계에 널리 전파되어 오늘에 이르고 있다. 사도 바울의 종말론은 「로마서」 3장 10-19절에 근거를 두고 있다. "올바른 사람은 한 사람도 없다."(3-10) "율법의 앞에서는 단 한 사람도 신 앞에서 의로운 사람이 없다. 율법 앞에서는 죄의식만이 살아나고 있다"(3-19). 인간은 신의 노여움을 사고 있다. 인간은 모두 죄인이기 때문이다. 이 때문에 신은 역사의 진행을 중단했다. 이런 종말은 사도 바울에 의하면 신의 은총이라는 것이다. 죄가 가중됨에 따라 신의 은총이 더욱더 크게 작용하고 있기 때문이다.

　「로마서」 5장 15와 20 이하의 내용을 인용하면서 볼트만(R. K. Bultman)은 그의 저서 『역사와 종말론』(1959)에서 인간은 끊임없이 죄를 짓고 큰 고난 속에 있다고 주장했다. "죄의 값은 죽음이지만, 하나님이 베푸는 은혜는 참된 삶, 영원한 삶이다."라고 말한 볼트만은 죄악의 역사는 신의 은총으로 구제된다고 주장했으며 기독교 신앙으로 의롭게 살아난 사람은 죄로부터 해방되어 자유롭게 살 수 있다고 말했다. 문제는 그런 인생이 아직도 오지 않고 '중간 시간'에 있다는 사실이다. 사도 바울에 의하면 그것은 그리스도의 부활과 재림 사이 중간의 시간이라는 것이다. 이 시간의 본질은 그 시간이 없고, 오지 않고 있다는 것이다. 재림이 실현되지 않는 상황은 인간에게 절망의 시간이 된다. 그럴수록 인간은 더욱더 자유롭고 이성적이며 도덕적인 존재로 태어나야 하기 때문에 신의 힘이 필요하다고 설파한 철학자는 칸트였다고 볼트만은 말했다. "역사는 이성적 종교, 도덕적 신앙을 지향하는 목적을 지니고 있다. 기독교 역사는 계시의 종교에서 이성의 종교로 진행하고 있으며, 신의 나라는 지상의 윤리적 국가로 실현되기 위한 목적을 지니고 있다"는 칸트의 주장을 인용하면서 볼트만은 다음과 같이 말했다.

칸트는 역사가 아담의 원죄 때문에 선과 악의 투쟁 속에 있다고 믿었다. 칸트는 기독교의 교리를 세속화된 형태로 확보하고 있었는데, 그에 의하면, 역사를 움직이는 힘은 악의 힘이기 때문에, 기독교 신앙으로 인간이 돌아서기 위해서는 동기 자체를 전도(轉倒)시켜야 가능하다고 말했다. 그러나, 이 일이 가능하려면 인간은 신의 힘이 필요하다. 그렇지 않으면, 인간은 근엄한 도덕법에 직면해서 절망 속에 빠져들 것이다.

이상 지적한 내용에 대해서 셰익스피어가 수용한 성서가 해명 자료가 될 수 있고, 또 다른 방향 제시가 될 수 있다는 희망을 갖게 한다. 이상 열거한 내용을 뒷받침하는 성서 구절을 인용해보려고 한다.

연극 〈햄릿〉은 윤리적이며 종교적인 주제로 가득 차 있다. 피터 밀워드는 그의 저서 『셰익스피어와 종교』에서 "이 작품에는 16세기 기도서, 신앙서, 종교논쟁서, 윤리서, 철학서 등이 반영되고 있다"고 말했다. 햄릿의 문제를 해명하기 위해서는 성서에 명시된 윤리적이며 종교적 가르침을 셰익스피어가 어떻게 작품 속에 수용하고 있는가를 알아내야 한다. 부친의 망령을 만난 후, 햄릿은 엄청난 충격 속에서 세상일을 포기한 인간의 모습이어서 처참했다. 모친 거트루드의 성급한 근친상간의 혼인, 덴마크 왕국의 '매듭 풀린' 부패상도 절망감의 요인이었다. 그럼에도 불구하고, 햄릿은 망령 앞에서 살인자인 현왕 클로디어스에 대한 복수를 엄숙히 서약했다. 그런데, 왜 복수는 끝없이 지연되다가 종막의 대참사를 맞이하게 되는가. 그 원인으로 지금까지 제시된 견해를 세 가지로 요약해볼 수 있다.

1. 햄릿은 복수를 할 수 없다. 그런 일을 수행하기에는 그의 몸과 마음이 너무 허약하다.
2. 복수를 지연시키는 것은 그의 성격도 몸도 아니다. 복수 자체의 특성 때문이다.
3. 복수 지연은 정신의 문제도 아니요, 임무의 특성 때문도 아니다. 그 일에 대한 햄릿의 부정적 성향 때문이다.

셰익스피어가 읽었던 성서는 이 문제를 푸는 실마리를 제공해준다.

망령. 이글거리는 유황불에 이 몸을 맡기는……(1.5.3)

이 구절은 성서에 기록된 수많은 재난에서 발견되고 있다. 「누가복음」 16장 24절 "For I am tormented in this flame." 「요한계시록」 14장 10절 "Shalbe tormented in fire and brimstone." 「요한계시록」 20장 10절 "A lake of fire and brimstone…tormented euen day and night." 「요한계시록」 21장 8절 "all liars shall have their part in the lake, which burneth with fire and brimsone, which is the second death" 등이다.

망령. 이 세상 사람에게(1.5.22)

「마태복음」 16장 17절 "Flesh and bloud hath not reueiled it vento thee." 「고린도전서」 15장 50절 "Flesh and bloud inheite the kingdom of God." 「에베소서」 6장 1절 "Wee wrestle not against fleshe and bloud." 「갈라디아서」 1장 16절, 「히브리서」 2장 14절을 참고할 수 있다.

햄릿   인간이란 얼마나 훌륭한 걸작이냐. 숭고한 이성, 무한한 능력, 다양한 모습과 거동, 적절하고 탁월한 행동력, 천사와 같은 이해력, 인간은 하느님을 닮았다고 할 수 있지. 그러나 이렇듯 지상의 아름다움이며, 만물의 영장인 인간이 나에게는 티끌로만 보이는구나. 인간은 나의 기쁨일 수 없어. 여자 역시 나에겐 기쁨이 아니야. 히죽히죽 웃는 걸 보니 자네들은 내 생각이 못마땅한 모양이군.

「시편」 8장 4–6절 "What is man that thou art mindful of him : and the sonne of man that thou visitest him? Thou madest him lovwer then the angels : to crowne him with glory and worship. Thou makest him to haue dominion of the workes of thy handes : and thou hast put all things in subiection vnder his feete. All sheepe and oxen : yea, and the beasts of the field." 「히브리서」 2장 6–7절을 참고할 수 있다.

> **햄릿** 만물의 영장인 인간이
> 나에게는 티끌만도 못하네(2,2,308)

「창세기」 3장 19절 "Thou art dust, and to dust shalt thou returne." 「전도서」 3장 20절 "All was of the dust, and all shal returne to the dust."

> **햄릿** 내가 봤던 그 망령은
> 악마였는지 모른다. 악마는 멋진
> 옷차림 하고 나타나는 힘이 있다.(2.2.598–600)

「고린도후서」 11장 14절 "Satan him selfe is transformed into an Angel of light." 「사무엘상서」 28장 14절 "To his imagination, albeit it was Satan, who to blind his eyes tooke vpon him the forme of Samuel, as he can do of an Angel of light."

햄릿이 그가 본 망령이 악마인지도 모른다는 두려움을 갖고 있는 것도 당시 기독교인들이 망령은 천사가 아니라 악마라는 생각을 갖고 있었기 때문이다. 이 견해에 따르면 복수를 추구하는 망령은 악령이었다.

햄릿   아무도 가서 돌아온 적이 없는
                 그 미지의 고장에 대한 두려움 때문에 (3.1.77-79)

「욥기」 10장 21-22절 "Before I goe and shall not returne, euen to the lande of drakness and shadowe of death : into a land, …darke as darkenes it selfe." 「욥기」 16장 22절 "I shall go the way, whence I shall not returne." 「욥기」 7장 9-10절 "Hee that goeth downe to the graue, shall come vp no more. He shall returne no more." 외경 「지혜서」 2장 1절 "Neither was any knowen that hath returned from the graue."

셰익스피어는 『제네바 성서』를 참고로 하고 있다는 심증을 갖게 된다. 『커버데일 성서』, 『매튜 성서』, 『그레이트 바이블』, 『주교 성서』는 "not turne agayne"나 혹은 "nor turneth agayne"라고 「욥기」에 쓰고 있다. 『제네바 성서』만 오로지 "shall not retourned" 혹은 "shall returne no more"라고 쓰고 있다. 셰익스피어는 "returne"이라고 쓰고 있다.

햄릿   약한 자여 그대 이름은 여자이다. (1.2.146)

「베드로전서」 3장 7절 "Woman as "the weaker vessel."

햄릿	나는 여자들이 얼굴에 잔뜩 분을 처바른다는 것을 알고 있
	지. 하느님이 주신 얼굴을 생판 딴것으로 만든단 말이야.
	몸을 비틀고 엉덩이를 흔들어 아양을 떨기도 하지… 하느
	님이 만드신 것에 멋대로 다른 이름 붙이고, 뻔뻔스럽게 몰
	라서 한 짓이라고 발뺌들 하지. 빌어먹을, 더 이상 참을 수
	없어. 그 때문에 나는 미친 거야. 더 이상 결혼이란 있을 수
	없어. (3.1. 142-48)

햄릿	당신은 왕비 마마시죠, 당신 시동생의 아내시고,
	또, 유감스럽게도 저의 어머니시구요.(3.4.15-16)

불법적인 결혼에 관해서는 「레위기」 18장 16절에 "형제의 아내를 범해서는 안 된다. 형제를 모욕하는 일이다"라고 명시되어 있고, 「레위기」 20장 21절에도 이런 내용을 담고 있어서, 클로디어스와 거트루드의 결혼이 교리에 어긋나며 정당화될 수 없다는 것을 셰익스피어는 〈햄릿〉에서 강조하고 있다.

햄릿	해충에 병든 보리 이삭처럼, 여기 당신 남편이 있습니다.
	건강하게 자라던 형님 이삭을 날라 죽게 했어요.(3.4.64-65)

「창세기」 41장 5-7절, 41장 22-24절 "줄기 하나에서 튼실하고 잘 여문 이삭 일곱이 자라났다. 이삭 일곱이 더 자라났는데, 이번에는 야위고 돌풍에 바싹 마른 것들이었다. 그 여윈 이삭들이 잘 여문 이삭들을 삼켜버렸다." 「아모스」 4장 9절 "나는 너희 작물들을 쳐서 병들게 하고

너희 과수원과 농장들을 말라 죽이게 했다."

셰익스피어는 「창세기」 파라오의 꿈에 의문을 제기했다.(〈헨리 4세〉 2.4. 473-474와 〈리어 왕〉 5.3.24-25. 〈코리올레이너스〉 2.1. 114-15를 참고)

클로디어스 내 의도를 안다면 말이다.
햄릿 그것을 꿰뚫어보는 천사가 보이네요. (4.3.47-48)

셰익스피어 작품에 나타난 '천사'는 성서에 기반을 두고 있다. 〈햄릿〉에 기록된 '천사'는 천사를 단수로 사용한 유일한 예가 된다. 다른 작품에서는 '천사'를 'cherubin'이나 'chrubins'라고 쓰고 있다.

광대 1 성경을 어떻게 읽고 있는 거야?
성경 말씀에 "아담이 땅을 파다"라는 말이 있네.(5.1.35-36)

인간의 죄악과 죽음의 문제를 다루고 있는 〈햄릿〉은 성서의 가르침에 바탕을 둔 종교적인 작품이라는 생각을 떨쳐버릴 수 없다. 광대의 다음 대사는 엘리자베스 여왕 시대에 입버릇처럼 유행하는 말이었다. "성서에는 뭐라고 적혀 있는데?"(로마서 4 : 3, 갈라디아서 4 : 21, 22, 27, 30)라고 말하면서 사람들은 도의와 예절과 신앙의 지침을 성서에서 찾고 있다. 그런 정경을 광대의 일상적 대화에서도 충분히 확인될 수 있다.
햄릿이 귀국해서 목격한 것은 덴마크 왕국의 도덕적 타락이었다. 그 대표적인 경우가 부왕 사망에 대한 의혹이요, 거트루드의 부정한 결혼이었다. 피터 밀워드는 작품 〈햄릿〉을 "르네상스 후기를 대표하는 도덕극"이라고 평가했는데, 셰익스피어는 〈햄릿〉 등 일련의 비극 작품을 통해 국민들의 정신적 정화를 도모하는 일을 추구한 것이 아닌가 생각된다. 〈햄릿〉을 포함해서 비극작품 곳곳에 인용되고 있는 수많은 성서 구절은 이를 입증하고 있다. 아벨을 살해한 카인의 죄를 언급하면서 클로디어스는 참회의 기도에서 자신이 저주를 받았다고 참회하고 있다. 이 모든 인간의 죄업을 언급하면서 셰익스피어는 최후의 심판을 강조하고 있다. 망령을 만나게 된 햄릿은 로젠크랜츠에게 "최후의 심판은 다가왔다"라고 말했다.

> **사제**　시체는 부정하게 매장되어 마지막 심판의 날까지 기다려야 합니다. (5.1.229-30)

최후의 심판이 언급되는 위 장면은 「고린도전서」 15장 52절 "나팔 소리가 울리면 순식간에 죽은 자들이 살아 일어나서 부활한다"의 구절과 「데살로니가전서」 4장 16절 "하느님의 나팔소리가 울리면, 주님은 하늘에서 오신다"의 성서 구절에서 인용되었다. 위 장면은 5막 1장 엘시노 묘지에서 햄릿이 무덤 파는 인부들과 담소하고 오필리어의 장례식이 벌어지는 가운데 이를 주례하는 사제가 레어티즈의 "의식은 이게 전부입니까?"라는 항의성 질문에 응답한 말이다. 포덤대학교의 셰익스피어 학자 제라드 리디 교수는 그의 논문 「알렉산더 죽었다」에서(S.Q. 1973년 봄호) "5막 1장 이후, 햄릿은 '새로운 햄릿'으로 변신했다"고 지적했다. 햄릿은 폴로니어스 시체 앞에서 의미심장한 말을 한다.

햄릿   이것도 하늘의 뜻인지도 모릅니다. 신은 이것으로써 저에
　　　　게 벌을 주시고, 저를 이용하여 이자에게 벌을 주신 겁니
　　　　다. 저는 신의 벌을 받았습니다. 또한 신을 대신하여 이자
　　　　에게 벌을 주었습니다. (3.4.173-77)

이 내용과 관련된 성서 구절은 「로마서」 13장 4절에서 볼 수 있다. "권
위자는 신에 봉사하는 사람인데, 악을 행하는 자에게는 벌을 준다"라고
되어 있다. 신을 대신해서 지상을 다스리는 제왕에게 복종하는 일은 엘
리자베스 여왕 정부가 국민에게 강조한 말이다. 「로마서」에 기록된 바
울의 말은 기도서 "신의 질서와 통치자에 대한 순종"에서 인용한 것이
다. 정부가 범법자를 처벌할 때, 그들은 하느님이 임명한 "신의 응징자
요 사역자"가 된다. 햄릿은 자신을 그런 일을 하는 신의 대리인이라고
생각했다. 그러나 폴로니어스를 살해한 것은 그의 실수였다. 여기에 스
스로 모순이 발생했다. 햄릿 자신이 응징자이면서 동시에 범법자가 된
것이다. '신의 뜻'을 언급한 대사에서 알 수 있는 햄릿의 정신적인 재탄
생은 햄릿이 새로 발견한 자신의 정체성이었다.

햄릿   우리 인간들이 아무리 엉성하게 일을 꾸며놓아도, 그것을
　　　　다듬고 완성하는 것은 하느님의 뜻이라는 걸 알 수 있지.
　　　　(5.2.9-11)

그리고 햄릿과 레어티즈의 결투 장면에서 햄릿의 변신은 더욱 확인
될 수 있다.

햄릿　새 한 마리 떨어져도 신의 특별한 섭리가 있다.(5.2.19-20)

위 대사는 「마태복음」 10장 29절, "두 마리 새가 1파딩에 팔리고 있지 않는가. 그중 한 마리도 아버지 하느님의 허락 없이는 땅에 떨어질 수 없다"에서 인용된 것이다. 셰익스피어는 이 구절을 『제네바 성서』에서 읽었을 것이라고 추정된다. 「누가복음」에도 다음 구절이 있다, "다섯 마리 새가 2파딩에 팔리고 있지 않는가. 그러나 한 마리도 하느님은 잊지 않고 계시다."(12 : 6-7)

햄릿　죽음이 지금 닥치면 나중에 오지 않을 테고, 후에 오지 않
　　　　을 거라면 지금 오는 법이야. 지금이 아니면 언젠가 오고야
　　　　말지. 평소 마음의 준비가 제일이야. 언제 목숨을 버려야
　　　　하는지 아무도 알 수 없는 일이니, 만사 될 대로 되라는 심
　　　　정이네.(5.2.220-24)

궁전 넓은 뜰에 나팔소리가 울리고 결투가 시작된다. 온갖 고통과 시련을 겪으며 도달한 햄릿의 마지막 자리다. 햄릿은 이 순간 세속의 껍질을 벗고 새롭게 태어났다.

햄릿　용서해주게. 내 잘못이었어. 신사답게 부디 용서해주기 바
　　　　라네. 이곳에 참석하신 분들도 다 아시다시피, 그리고 자네
　　　　도 들은 바 있겠지만 나는 극심한 정신착란으로 괴로움을
　　　　겪고 있네. 내 행동이 자네의 효성과 명예, 그리고 자네의
　　　　감정에 깊은 상처를 입혔을 테지만, 그것은 어디까지나 나

의 광기 때문이었노라고 말하고 싶네. 레어티즈를 모욕한 것이 햄릿이었던가? 아닐세. 결코 햄릿이 아니었네. 만약 햄릿이 이성을 잃고 햄릿 아닌 또 다른 그가 레어티즈에게 해를 입혔다면, 그것은 햄릿의 과오가 아니네. 햄릿은 그것을 부인하네. 그렇다면 대체 누구 짓일까? 그의 광기가 저지른 짓이네. 그렇다면 햄릿도 피해자가 되는 셈이네. 그의 광기는 가엾은 햄릿 자신의 적이야. 부탁이네,
여기 참석하신 여러분들 앞에서, 내가 자네에게 해를 끼치려고 고의로 한 일이 아니었다는 변명을 관대한 마음으로 받아들여주길 바라네. 지붕 너머로 쏘아 올린 화살이 잘못되어 형제에게 상처를 입혔다고 생각해주지 않겠는가?
(5.2.226-243)

햄릿은 극중극을 통해 클로디어스의 양심을 깨우치게 만들었다. 클로디어스는 자책과 후회의 고통을 겪는다. 기도 장면에서 행한 클로디어스의 기도는 지극히 종교적인 참회의 독백이 된다. 클로디어스는 이 기도를 통해 신의 자비를 빌고 "하늘이 은혜로운 비를 내리시어 나의 손을 눈처럼 희게 해줄 수 없을까"라고 말하면서 천국을 동경하고 있다. 그는 참회하고 싶지만, 참회할 수 없는 자신을 깨닫게 된다. 죄가 너무 무겁고 크기 때문이다.

클로디어스 아, 내 죄의 악취가 하늘을 찌르는구나.
인류 최초의 무서운 저주를 받은
형제 살인죄.(3.3.36-38)

「창세기」4장 10-11절에서 하느님이 말씀하셨다. "네가 무슨 일을 저질렀느냐? 네 아우의 피가 땅에서 내게 울부짖고 있구나. 이제부터 너는 이 땅에서 저주를 받게 될 것이다. 땅이 두 팔을 벌려 살해된 네 아우의 피를 받았으니, 너는 이 땅에서 쫓겨날 것이다."

클로디어스 하늘이 은혜로운 비를 내리시어 나의 손을
눈처럼 희게 해줄 수는 없을까? (3.3.45-46)

이 기도문은 「시편」 51장 7절 "저를 씻어주세요. 눈보다 더 희게"와 「이사야」 1장 18절 "너희 죄가 주홍빛처럼 붉어도 눈처럼 새하얘질 것이다"에서 인용된 것이라고 판단된다. 햄릿이 새롭게 태어나는 과정은 3막 4장 거트루드 내실 장면 후 "세 가지 단계를 거쳐 달성된다"고 피터 밀워드는 말하고 있다. 그의 설명에 의하면 첫 단계는 영국으로 추방된 햄릿이 선상에서 경험한 일이다. 영국에 도착하면 처형당하는 운명에서 벗어나게 된 햄릿은 신의 섭리를 깨닫는다. 호레이쇼와의 대화에서 이 사건으로 햄릿은 중요한 교훈을 얻었다는 것을 명백히 하고 있다. 그 교훈이 "새 한 마리 신의 섭리"라는 그리스도의 가르침이다. 햄릿은 이 순간부터 「전도서」 3장 1절 "모든 일에는 때가 있다./하늘 아래 모든 일에는 정해진 때가 있다"는 운명론을 믿게 된다.

두 번째 일은 5막 1장 묘지 장면에서 일어난 일이다. 햄릿은 「전도서」 3장 20절 "모든 것은 티끌에서 티끌로 돌아간다"와 3장 21절 "사후 어떤 일이 있는지 누가 알려주는가"라는 인간의 운명에 대한 성서의 가르침을 묘지에서 강렬하게 실감하게 된다. 모든 것은 사라진다. 죽으면

셰익스피어와 종교 : 〈햄릿〉 격론

왕도 거지도 없다. 생의 의미는 없다. 오로지 죽음뿐이다. 「전도서」4장 7절 "태양 아래 모든 것은 헛된 것이다"라는 허무감을 햄릿은 몸소 체험했다.

세 번째 일은 클로디어스의 음모로 레어티즈의 칼에 찔려 죽는 일이다. 햄릿의 죽음은 그리스도의 죽음과 같다고 피터 밀워드는 해석하고 있다. 레어티즈는 이른바 유다와 같다는 것이다. 햄릿은 요한과 같은 충실한 동료의 도움을 끝까지 받고 있었다. 그리스도의 최후와 흡사하다고 생각한 이유는 죽음을 당당하게 받아들이는 햄릿의 태도와 자신을 죽인 레어티즈를 용서하는 그의 너그러운 마음 때문이다. 참극으로 끝나는 불행한 왕자의 죽음은 호레이쇼의 기원처럼 "천사들 노래로 잠들 것이라"는 종교적 축복이 된다. 햄릿은 일찍이 자살의 유혹에 빠졌다. 제이스 콜더우드(James L Calderwood)는 그의 논문「햄릿의 준비성」에서 말했다.

> 햄릿은 첫 독백에서 자살을 언급한 과정에서부터 죽음을 준비하고 있었다. 이 일은 "죽느냐 사느냐"에서 언급된 자결에서 시작되어 영국행 선상에서 발견한 사형선고 문서의 발견을 거쳐, 묘지 장면에서 백골의 명상과 알렉산더 대왕과 시저의 대왕답지 못한 지상에서의 종말을 통해 진행되었다. 죽음은 독백 속 상상의 추상적 세계에서 부패하는 시신의 지상의 현실로 다가왔다.

햄릿은 해상에서의 위기와 묘지에서의 오필리어, 영웅들의 죽음을 접하면서 운명과 신의 섭리를 깨닫게 되었다. 사실상 1막에서부터 그가 가는 길은 죽음의 여로였다. 햄릿이 5막 2장에서 결투장으로 향하면서 "마음의 준비가 제일이다"라고 말할 때, 여기서 언급된 '준비'는 죽음에 대한 결기(決起)의 표명이었다. 햄릿은 클로디어스가 음모를 꾸민 레어티즈와의 결투를 수락하는 순간, 이미 죽음에 대한 준비가 되어 있었고, 결투는 곧 복수의 과정인 '준비' 단계이며, 실천이고, 그 완성이었다. 부패한 왕정, 문란한 정치, 왕궁의 도덕적 타락 등에 대해서 햄릿도 호레이쇼의 말처럼 "하느님의 개입"을 믿고 있었다.

메이나드 맥(Maynard Mack)은 『예일 리뷰』(Vol.XLI, No. 4, June, 1952)에 발표한 논문 「햄릿의 세계」에서 대단히 중요한 내용을 전개했다. 작품 〈햄릿〉을 불가사한 현실적 문제와 죽음 등 세 가지 특별한 관점에서 분석했다. 맥은 이들 문제에 대한 논거를 확보하기 위해 작품 속의 이미저리 패턴과 언어를 분석했다.

이런 방법은 윌슨 나이트(1930), 스퍼존(1935) 등이 이미 시도한 것이었다. 첫째, "불가사의" 문제는 햄릿의 광증, 망령, 폴로니어스에 대한 입장과 처리, 오필리어, 그리고 어머니 거트루드에 대한 햄릿의 처신과 태도에서 볼 수 있다고 그는 말했다. 햄릿 작품 속에는 수많은 의문, 고민, 명상, 경악 등의 장면이 의문투성이요, 수많은 수수께끼로 넘쳐 있다. 특히 햄릿 자신의 언어는 특히 심하다. 클로디어스, 거트루드, 오필리어에 대한 햄릿의 언어 구사는 사람을 헷갈리게 한다. 그의 광기 자체가 수수께끼이며, 특히 광기 발작 시의 언어 행동은 무엇이 진실이고, 허위인지 쉽게 풀 수 없는 의문을 자아내고 있다. 결국은 햄릿 자신의 정체(正體)가 무엇인지 가장 의문스럽다. 이런 불가사의는 작품의 중요한 요소가 되어 있어서 첫 장면 성탑의 어둠 속에 출현한 망령에서 시작되어 끝까지 가고 있다.

두 번째, 문제는 무엇인가? 망령의 문제이다. 망령은 현실을 알리는 기능으로 작용한다. 망령은 숨겨진 힘을 과시하는 현재적 충동이다. 그의 폭로로 클로디어스의 실체가 드러났다. 그가 왕권을 찬탈한 악인이라는 사실을 햄릿은 알게 된다. 거트루드의 근친상간의 진실도 알게 된다. 이런 암담한 현실 속에서 햄릿은 궁지에 몰리게 된다. 망령을 따를 것인가, 신의 심판에 맡길 것인가이다. 햄릿을 둘러싼 숱한 의혹과 함께 현실적 상황은 극 전개의 중심에 깊이 자리하고 있다. '보인다', '나타난다', '모양', '겉치레' 등 햄릿이 빈번하게 사용한 언어는 현실에 대한 착잡한 그의 심정을 표현하고 있다. 스퍼존이 지적한 '질병(疾病)' 이미지는 병든 현실을 비유적으로 표현하는 언어이다. 외면적 현실에 관한 이미지로는 '의상'이 사용되기도 한다. 폴로니어스는 레어티즈에게 "의복은 인격의 표시"라고 말했다. 인간의 겉과 속의 이중적 성격의 문제는 셰익스피어가 즐겨 다루는 어투가 된다.

햄릿의 의상도 예외가 아니다. 극 초반에 걸치고 나온 검은 의상은 부왕의 사망을 슬퍼하는 울적함 마음의 상징이었다. 오필리어 면전에 나타난 햄릿의 흐트러진 옷매무새는 그의 광기와 종잡을 수 없는 심정을 나타내고 있다. 그가 사용한 '화장(化粧)'이라는 언어는 현실의 진상을 숨기는 가식과 위선의 언어였다. "하느님은 그대에게 얼굴 하나를 주었다. 그런데, 그대는 또 다른 얼굴을 만들고 있다"는 오필리어에 대한 그의 신랄한 비판은 미화되고 왜곡된 현실에 대한 비판이다. 셰익스피어의 이미지 패턴은 'show', 'act', 'play' 세 단어로 요약된다고 스퍼존은 말했는데, 이는 햄릿 작품을 통합시키는 이미지가 된다.

셋째, '죽음'의 문제이다. 햄릿 작품 속에 인간의 허약함, 인간 존재의 불확실성, 운명의 문제 등이 인간의 몰락을 자초하는 요인으로 거론되고 있다. 햄릿도 클로디어스도 끊임없이 이를 지적하고 있다. 특히 운명론은 너무나 설득력이 있다. 햄릿의 비극은 그의 우유부단한 약한 의지력이나 지성의 비극이 아니고 인간이 자기 의지로서는 감당할 수 없는 운명의 문제이다. 햄릿이 "나라 바로잡기 위해 태어났다"라고 말할 때, '운명'을 타고났다는 것을 말하고 있다. 햄릿의 고난은 자신이 만든 것이 아니다. 부왕으로부터 시작된 것이다. 햄릿의 '죽음'의 문제는 원초적으로 그의 상실감에서 연유한다. 햄릿은 부왕에 이어 어머니를 잃었고, 오필리어를 잃었고 덴마크 왕위를 잃었다. 이보다 더 큰 상실이 어디 있는가. 햄릿은 또한 복수의 엄중한 과제를 짊어지고 있다. 그 일은 타인을 살해하는 일이다. '죽음'의 문제이다.

햄릿은 5막에서 변했다. 셰익스피어 작품에서는 주인공의 심적 변화 이전에 잠시 사라지는 것이 선례가 되고 있다. 햄릿의 경우도 마찬가지다. 그는 몇 장면 자취를 감췄다. 햄릿은 의상도 변했다. "선원들 옷을 걸치고"(5.2.13) 있다. 침울한 검은색도 아니고, 헝클어진 광기 옷차림도 아니다. 선원들의 복장이다. 마음이 변하고 사람이 달라진 것이다. 「마태복음」에 나오는 새들 이야기처럼 그는 운명론자가 된 듯하다. 그는 갑자기 종교인이 되었다. 그의 종교적인 심정은 극 초반부터 내내 작품 속에 물들어 있었던 것은 사실이다. 지금 이 순간, 그는 인간의 무력함과 한계를 절실히 깨달으며 신의 섭리를 믿게 된 것이다.

수녀 미리엄 조지프(Sister Miriam Joseph)는 논문 「햄릿의 기독교 비극」

(1962)에서 〈햄릿〉을 "기독교적인 분위기와 기독교인 작중인물을 지닌 기독교적인 비극작품"이라고 평가했다. 조지프 수녀는 햄릿이 망령의 지시를 통해 클로디어스를 죽일 수 있는 신의 허락을 받았다고 시인했다. 다만, 햄릿은 망령의 "마음을 더럽히지 마라" 하는 경고를 무시했다는 것이다. 그리고 햄릿은 클로디어스에 대한 증오심이 그의 기독교적인 성품을 뛰어넘었다는 것이다. 조지프는 이것이 햄릿의 비극적 결함이 되었다고 언명했다. 기독교적인 비극 작품은 기독교적인 내용과 의미를 통해 극중 사건을 통해 비극 본래의 목적인 정화(淨化)작용을 달성해야 된다고 주장한 조지프 수녀는, 왕자 햄릿은 전형적인 기독교적인 비극작품의 주인공이라고 단정했다. 신(神)은 천사나 성스런 인간의 영혼을 통해 직간접으로 영향을 행사한다고 믿었다. 그의 분석에 의하면 작중인물은 모두 기독교의 정신을 지니고 기독교적인 언어를 구사하고 있다고 밝혔다. '양심'이라는 말을 8회 반복하는데, 햄릿이 네 번, 클로디어스가 두 번, 레어티즈가 두 번 기독교적인 언어 개념으로 사용하고 있는 것은 주목할 일이며, 특히, 주인공 햄릿은 도덕성과 감성이 기독교인으로서의 품격을 지니고 있으며 기독교적인 비극 작품에 잘 적응하고 있다고 수녀 조지프는 주장하고 있다.

햄릿의 첫 독백, 거트루드의 재혼에 대한 불만, 폴로니어스와 오필리어의 계략에 대한 혐오감, 두 친구들에 대한 배신감, 부패하고 타락한 나라 사정에 대한 책임감 등은 그의 기독교적인 신앙심에서 그 원천을 찾을 수 있다.

Abbot, E.A., *A Shakespearean Grammar*, London, 1870.

Barker, Deborah E. & Ivo Kamps, *Shakespeare and Gender – A History*, London: Verso Publishing Company, 1995.

Bate, Jonathan, *The Genius of Shakespeare*, New York: Oxford University Press, Inc., 2008.

Beauman, Sally, *The Royal Shakespeare Company*, Oxford: Oxford University Press, 1982.

Bevington, David, *The Complete Works of Shakespeare*, New York: Addison–Wesley Educational Publisher Inc., 1997.

Bloom, Harold ed., *William Shakespeare – Histories & Poems*, Chelsea House Publishers, 1986.

Bradley, A.C., *Shakespearean Tragedy*, London: Macmillan & Co Ltd., 1958.

Bristol, Michael D., *big-time shakespeare*, London: Routledge, 1996.

Brook, Peter, *The Empty Space*, Harmondsworth, England: Penguin Books, 1979.

—————, *the open door – Thoughts on Acting and Theatre*, New York: Theatre Communication Group Inc., 1995.

—————, *Threads of Time – Recollections*, Washington, D.C., A Cornellia & Michael Bessie Book, Counterpoint, 1998.

Brown, John Russel, *William Shakespeare: Writing for Performance*, New York: St. Martin's Press, 1996.

Bultmann, R.K., *History and Eschatology*, Edinburgh: The University Press,

1956(Iwanami Gendai Sosho).

Burgess, Anthony, *Shakespeare*, London: Vintage, Random House, 2002.

Campbell, Oscar James & Edward G. Quinn ed., *A Shakespeare Encyclopaedia*, London: Methuen & CO LTD. 1966.

Campbell, Oscar James ed., *A Shakespeare Encyclopaedia*, London: Methuen & Co LTD, 1974.

Colton, Garden Q. & Giovanni A. Orlando, *Shakespeare and the Bible*, Santa Monica: Future Technologies, 2015.

Craig, W.J. ed., *The Complete Works of William Shakespeare*, London: Oxford University Press, 1905, 1947.

David, Richard, *Shakespeare in the Theatre*, Cambridge: Cambridge University Press, 1978.

Duncan—Jones, Katherine, *Shakespeare —An Ungentle Life*, London: The Arden Shakespeare, A & C Black Publishers Ltd., 2010.

Dunton—Downer, Leslie & Riding, Alan, *Essential Shakespeare Handbook*, New York: DK Publishing, Inc., 2004.

Eaton, Thomas Ray, *Shakespeare and the Bible*, London: James Blackwood, Paternoster Row, 1858.

Elsom, John, *Is Shakespeare Still Our Contemporary?*, London & New York: Routledge & Kegan Paul, 1989.

Evans, Bertrand, *Shakespeare's Tragic Practice*. Oxford: Oxford University Press, 1970.

Fischlin, Daniel & Fortier Mark, *Adaptation of Shakespeare*, London and New York, Routledge, 2000.

Frye, Northrop, *The Great Code —The Bible amd Literature*, New York: A Harvest Book Harcourt, Inc., 1982.

Furness, Horace Howard, ed., *King Lear*, A New Variorum Edition, New York:

Dover Publications, Inc., 1880.

—————————————, *King Lear*, A New Variorum Edition, New York: Dover Publications, Inc., 1963.

Granville Barker, Harley, *Preface to Hamlet*, New York: Hill and Wang, INC., 1957.

Greenblatt, Stephen, *Will in the World*, New York: W.W. Norton & Company, 2004.

Gurr, Andrew, *The Shakespearean Stage 1574-1642.*, Cambridge: The Cambridge University Press, 1992.

Halliday, F.E., *Shakespeare and His Critics*, London, Gerald Duckworth & Co. Ltd., 1950.

Harbage, Alfred, *A Reader's Guide to William Shakespeare,* New York: Farrar, Straus and Giourx, 1963.

Harris, Laurie Lanzen & Mark W. Scott ed., *"Hamlet" in Shakespearean Criticism,* Vol.1. Detroit, Michigan: Gale Research Company, 1984.

Hodgdon, Barbara ed., *A Companion to Shakespeare and Performance*, Oxford: Blackwell Publishing, 2005.

Honan, Park, *Shakespeare – A Life*, Oxford: Oxford University Press, 1999, 2012.

Hoy, Cyrus ed., *Hamlet*, A Norton Critical Edition, New York: W.W. Norton & Company. 1963.

Jones, Emrys, *The Origins of Shakespeare*, Oxford: Oxford University Press, 1978.

Knight, G. WIlson, *The Imperial Theme*, London: Methuen & CO LTD, 1979.

—————————————, *The Crown of Life*, London: Methuen & CO LTD, 1977.

Kott, Jan, *Shakespeare Our Contemporary*, New York: 1964.

—————————————, *Shakespeare Our Contemporary*, translated by B. Taborski, London: Methuen, 1967.

Levi, Peter, *The Life and Times of William Shakespeare*, New York: Wings Books,

1988.

Long, Michael, *The Unnatural Scene – A Study in Shakespearean Tragedy*, London: Methuen & Co Ltd., 1976.

Marx, Steven, *Shakespeare and The Bible*. tr. by Kazumi Amagata. Originally published in English by Oxford University Press, 2000. Japanese Edition published by The Board of Publications, The United Church of Christ, Tokyo, Japan, 2001.

Milward, Peter, *Shakespeare and Religion*. tr. by Hirosha Yamamoto, Tokyo: Renaissance Books 5, Showa 56.

Mowat, Barbara A. & Paul Werstine, *Shakespeare's Sonnets and Poems*, New York: Simon & Schuster Paperbacks, 2004.

Muir, Kenneth & S. Schoenbaum, *A New Companion to Shakespeare Studies*, Cambridge: The Cambridge University Press, 1980.

Nicoll, Allardyce ed., *Shakespeare Survey*, London: Cambridge University Press, 1956.

New Bible Dictionary, New Japan Bible Publishing Society, Tokyo: 1970.

Onions, C.T., *A Shakespeare Glossary*, Oxford, 1986.

Papp, Joseph & Elizabeth Kirkland, *Shakespeare Alive!*, New York: Bantam Books, 1988.

Parsons, Keith, *Shakespeare in Performance*, London: Salamander Books, 2000.

Peterson, Eugene H., *The Message – The Bible in Contemporary Language*(한국어판, 복 있는 사람 간행, 2002).

Rosenberg David & Harold Bloom, *The Book of J*, New York: Grove Press, 1990.

Rosenberg, Marvin, *The Masks of King Lear*, Berkeley: University of California Press, 1974.

Rowse, A.L. ed., *The Annotated Shakespeare*, New York: Clarkson N. Potter, Inc., 1978.

Shaheen, Naseeb, *Biblical References in Shakespeare's Plays*, Newark: University of Delaware Press, 1999, 2011.

Shakespeare Quarterly, Published by the Folger Shakespeare Library, 1981.

Shakespeare Survey 39, Cambridge: Cambridge University Press, 1987.

Shaughnessy, Robert ed., *Shakespeare on Film*, New York: St. Martin's Press, 1998.

Spevack, Marvin, *The Harvard Concordance TO Shakespeare*, Part 1, Part 2. Cambridge, Massachusetts: George Olms, Hildesheim. 1969, 1970, Marvin Spevack 1982.

Spurgeon, Caroline F.E., *Shakespeare's Imagery and What IT Tells*, Cambridge: The Cambridge University Press, 1971.

Stoll, Elmer Edgar, *Art and Artifice in Shakespeare*, London: Cambridge University Press, 1933: New York: Barnes & Noble, Inc., 1962.

Styan, J.L., *Shakespeare's Stagecraft*, Cambridge: Cambridge University Press. 1971.

The Riverside Shakespeare, New York: Houghton Mifflin, 1974.

Tillyard, E.M.W., *The Elizabethan World Picture*, London: Chatto & Windus, 1943; New York: The Macmillan Company, 1944.

Trevelyan, George Macaulay, *A Shortened History of England*, New York: Penguin Books, 1942, 1959, 1979.

Weir, Alison, *The Life of Elizabeth I*, New York: Ballantine Books, 1998.

Wells, Stanley ed., *The Cambridge Companion to Shakespeare Studies*, Cambridge, Cambridge University Press, 1986.

Wilson, John Dover, *The Tragedy of Hamlet, Prince of Denmark*, Cambridge: The University Press, 1948.

—————————, *What Happens in "Hamlet"*, New York: The Macmillan Company; London: Cambridge University Press, 1935; 3rd ed., New York and London: Cambridge University Press, 1951.

Yates, Frances A., *Astraea — The Imperial Theme in the Sixteenth Century*, London:

Routledge & Kegan Paul. 1975.

Yates, Frances A., *Theatre of the World*, London: Routledge & Kegan Paul, 1969.

————————, *The Art of Memory*, Chicago: The University of Chicago Press; London: Routledge and Kegan Paul Ltd, 1966.

————————, *The Occult Philosophy in The Elizabethan Age*, London: Routledge & Kegan Paul. 1979.

The Geneva Bible, 1560.

셰익스피어, 『셰익스피어 4대 비극』, 이태주 역, 범우사, 2007.

셰익스피어, 『셰익스피어 4대 비극』, 이태주 역, 푸른사상사, 2021.

셰익스피어, 『셰익스피어 4대 희극』, 이태주 역, 푸른사상사, 2021.

셰익스피어, 『셰익스피어 4대 사극』, 이태주 역, 푸른사상사, 2021.

이경식, 『셰익스피어 본문비평』, 범한서적주식회사, 1997.

이태주, 『이웃사람 셰익스피어』, 범우사, 2007.

조성식, 『셰익스피어 구문론 (I, II)』, 해누리, 2007.